David James Skinner

TINIEBLAS

SOBRE

LONDRES

384

Tinieblas sobre Londres
Primera Edición, febrero de 2025

© Libros Mablaz, Madrid, 2025
www.librosmablaz.com

© David James Skinner

blogs:
Editorial Libros Mablaz
http://editoriallibrosmablazycienciaficcion.blogspot.com.es/
Ciencia ficción y fantasía en Libros Mablaz:
http://mablazlibros.blogspot.com.es/
Introducción a las obras de Libros Mablaz:
http://librosmablazextractos.blogspot.com.es/
Libros Mablaz en Facebook:
https://www.facebook.com/groups/530547690292189/
Tu Librería en Casa:
https://www.facebook.com/TuLibreriaEnCasa
Librería Crisis–Neogénesis:
http://www.todocoleccion.net/neog%C3%A9nesis_vendedorTC

Diseño de cubiertas: David James Skinner

ISBN: 978-84-129710-4-0
Depósito Legal: M-2525-2025

LIBROS MABLAZ - 384

Tinieblas sobre Londres

David James Skinner

A mi madre, quien no pudo terminar de leer este libro

Ubiquémonos. Hace varios meses desde que en apariencia terminaron los crímenes de Jack, como se le conocía en la prensa gracias a una de las diversas notas que llegaban a los periódicos. El East End estaba de nuevo tranquilo —o todo lo tranquilo que solía serlo—, ya que en general la gente creía que el Destripador había dejado de realizar su siniestra tarea nocturna.

Scotland Yard seguía aún revolucionada con datos e hipótesis, pero tanto el inspector jefe Abberline como su equipo se dedicaban principalmente a otras tareas. La sombra de Jack, por fin, estaba desapareciendo de las calles de Londres.

Una ciudad a la que, sin embargo, todavía le quedaba otra prueba por soportar.

Comenzaba septiembre del año 1889 cuando apareció un nuevo cuerpo. La forma en que murió, a pesar de lo grotesco, no parecía guardar relación alguna con los crímenes anteriores, así que Scotland Yard lo ignoró, dejando la labor de su resolución a la división H de la Policía Metropolitana. Y es justo aquí donde comienza esta historia, con un inspector de apellido Clerkton. Este formó parte en la investigación del Destripador, aunque de una forma más discreta que Abberline, y ahora tendrá que enfrentarse a un misterio que en nada envidiará a aquel.

UN NUEVO CASO

—Inspector Clerkton. —William Orson esperó unos instantes a que el otro terminase de rellenar unos papeles. Como no parecía que fuese a ocurrir en breve, siguió hablando—. Se ha encontrado el cuerpo de una prostituta en Whitechapel.

Clerkton levantó al fin la mirada. El agente Orson parecía alterado, o así lo percibió por el tono de su voz y su actitud. Cerró la carpeta, con la convicción de que este nuevo crimen no podía guardar relación con los anteriores. Aquel caso ya se había cerrado, aunque nunca llegase a encontrarse al culpable y, al igual que el resto de Londres, Clerkton estaba convencido de que no volverían a escuchar hablar de él.

—Cálmese, hijo. A ver, cuénteme los detalles.

—Señor, ha sido una sangría. En Pinchin, a tres calles de aquí. La mujer fue decapitada y desmembrada; aún no se han podido localizar todas sus… partes. Creo que podríamos estar ante un nuevo caso de ese tal Jack, señor.

—¡Tonterías! —replicó el inspector—. Los ataques en Whitechapel llevan ocurriendo desde hace años, mucho antes de que él apareciese y, por desgracia, seguirán sucediendo, hijo. Eso no significa que…

—Pero, señor —le interrumpió—, le aseguro que ha sido horrible. Yo mismo he visto el cuerpo.

Ante la insistencia del joven Orson, Clerkton no tuvo más opción que ponerse en pie y acercarse a él.

—Muy bien —consintió—, lo investigaré. ¿El cuerpo ya está en la morgue?

El agente asintió, después de una pequeña duda. Tras darle un par de palmadas en el hombro, a modo de ánimo, el inspector se encaminó hacia la salida. El camino hasta el depósito no era largo, así que tendría tiempo de comer después de realizar la rutinaria inspección, pues estaba seguro de que aquel caso no distaba mucho de cualquier otro de los incidentes habituales de aquella zona.

Se equivocaba en dos cosas: ni era algo habitual, ni tendría estómago para ir comer después de ver el cadáver.

LA MORGUE

—¿Usted por aquí? —Fue el seco saludo que le dedicó el forense. Clerkton tampoco tenía muchas ganas de tener una conversación con el médico, así que fue al grano.

—Creo que han traído a una prostituta asesinada. ¿Ha encontrado algo extraño en el cuerpo?

—Para empezar, la investigación sería más eficiente si contara con un cuerpo completo —dijo, mostrando una mueca que podía pasar por una sonrisa irónica, y que el inspector identificó rápidamente como un gesto de desagrado. El doctor Bond estaba convencido de merecer un puesto en el más alto lugar de la medicina y, en lugar de eso, trabajaba en un sótano rodeado de cadáveres. Aunque no le caía bien, entendía su frustración. Evitó responder nada, a la espera de que el otro continuara, lo que hizo poco después.

—La causa de la muerte parece haber sido la decapitación. El resto de heridas que podrían haber causado el deceso, incluyendo el seccionamiento de brazos y piernas, fueron realizadas *post mortem*.

Guardó silencio, como si esperase a que el inspector realizara una pregunta.

—¿Todas las demás heridas se realizaron tras la muerte, doctor?

—En realidad, no —respondió—. El cuerpo muestra diversas contusiones previas a la muerte. Y luego está lo de los ojos…

Esa actitud de estrella que, de vez en cuando, mostraba el médico, sacaba de quicio a Clerkton. Estuvo tentado de dejar la sala sin terminar la conversación, pero su profesionalidad se lo impidió.

—¿Y bien? —preguntó impaciente el inspector.

—Sin lugar a dudas, el criminal intentó arrancar ambos ojos a la víctima, aunque solamente logró quitarle el izquierdo. Las pruebas que he realizado, sumadas al hecho de encontrar diversos cortes en la zona, me llevan a la conclusión de que la mujer seguía con vida.

—¡Santo Dios! —exclamó Clerkton, consternado—. ¿Quién, en nombre del cielo, podría hacer una cosa así?

—Y, ¿por qué? —preguntó esta vez el médico—. Yo no soy investigador como usted, por supuesto, aunque creo que tengo una teoría.

Si le dieran un chelín cada vez que escuchaba algo así, sería el policía más rico de todo Londres, sin duda. No quería oír la teoría del forense, fuera la que fuese, y lo cierto es que no quería seguir escuchando nada más que saliese de su boca.

—¿Cuál es?

—Fetichismo —declaró, satisfecho—. El asesino quería guardar un recuerdo de su víctima.

—¿Eso explica también el desmembramiento y la decapitación, doctor? —preguntó el inspector, consiguiendo que, como quería, el médico quedase en silencio. La conversación había concluido por el momento, así que se acercó hasta los restos de la mujer.

Era incluso más horrible de lo que había imaginado. El tronco, repleto de cortes, era equiparable al cruel trabajo del Destripador. A un lado de la camilla se encontraban las extremidades segadas —las que se habían recuperado, por el momento—, y la cabeza. Esta era, sin lugar a dudas, la peor parte; porque a la ausencia del ojo izquierdo se sumaba la expresión de terror que había quedado marcada en su cara. Un rostro, antaño seguramente hermoso, que ahora no causaba más que horror y repulsión. Sí, había

15

visto muchos crímenes desde que comenzó su carrera en la Policía.

Ninguno como ese.

El hallazgo

Durante la siguiente semana, la Policía Metropolitana estuvo intentando recopilar pistas y hablar con posibles testigos; todo sin éxito. El asesino había sido sumamente cauteloso, y el reservado vecindario no ayudaba tampoco a avanzar en el caso. Una meretriz muerta, en cualquier caso, no iba a ser noticia durante mucho tiempo, y al cabo de unos días los periódicos se olvidaron del asunto.

La investigación hubiera sido abandonada en breve, si no fuese porque un nuevo hallazgo llevaría a que el caso adquiriese una nueva relevancia.

—¿Un ojo? —El agente Wobble no podía dar crédito a lo que escuchaba. La mujer, en un estado que rallaba el histerismo, siguió hablando.

—¡En la plaza! ¡Junto a un pájaro muerto hay un ojo! —repitió, sin dejar de mover los brazos—. ¡Tiene que venir!

Wobble, sin saber bien qué hacer, tocó su silbato y se dirigió en pos de la mujer, que ya corría hacia el lugar que le había indicado. Cuando llegó pudo ver al pájaro —un halcón—, en el suelo, inmóvil. No podía verse aún bien qué era lo que tenía en el pico, pero dada la explicación previa, el agente esperó a que llegaran más compañeros antes de realizar la comprobación.

En efecto, se trataba de un globo ocular. Era imposible, de momento, asegurar si se trataba de un ojo humano o animal, aunque aquel detalle no hacía menos horrible el descubrimiento.

Milagrosamente, la prensa no se hizo eco de aquel hallazgo, o la ya perjudicada reputación de los cuerpos de seguridad londinenses habría recibido otro duro golpe. Es probable que tal hecho se debiera al reciente escándalo de la calle Cleveland, donde se había descubierto un burdel homosexual; los periódicos ya tenían carnaza con la presunta implicación de diversas personalidades públicas en dichas actividades, y aquello era mucho más jugoso que un ojo encontrado en medio de la calle. Cuando el inspector Clerkton, varios días después —pues el halcón se encontraba en otra zona de la ciudad y, aunque fuera de lo normal, la noticia no se trató con tanta prioridad como otros asuntos—, se enteró de la aparición del misterioso ojo, no tuvo dudas de a quién pertenecía. De este modo, la prueba llegó a las manos del eminente doctor Thomas Bond, quien aguardaba impacientemente para relatar una nueva teoría.

Thomas Bond

EL PRIMERO

—¿Dos víctimas, dice usted? —Clerkton no podía dejar de moverse, inquieto ante el argumento del forense. Este parecía desagradablemente alegre ante su descubrimiento, del que acababa de hacer partícipe al inspector.

—No puedo decir con toda certeza que se usara el mismo instrumental para la extracción de ambos ojos —prosiguió Bond—, pero categóricamente afirmo que pertenecen a distintos individuos.

Se quitó los guantes y se acercó hasta una pequeña mesa de oficina —que parecía totalmente fuera de lugar en aquel sitio—, donde guardaba algo de licor. Tras dar un largo trago, alargó la mano en dirección al inspector, que rechazó la muda invitación a calmar los nervios con alcohol.

—¿Hay algo nuevo sobre la víctima? La primera, quiero decir.

—Poca cosa —admitió el médico—. Una mujer entre veinte y treinta años, bastante bien conservada para ejercer la prostitución. Ojos azules, al contrario que ese —dijo, señalando el ojo encontrado junto al halcón—. ¡Ah!

Y no sé si le habrán informado de que encontramos su brazo derecho. En el dedo anular llevaba un anillo.

Antes de que el inspector Clerkton dijese nada, procedió a corregirse.

—Bueno, no lo llevaba puesto, por supuesto. Lo que quiero decir es que hay una marca que indica con toda certeza su existencia.

—¿Casada? ¡Qué extraño!

—No tanto. —Bond restó importancia a ese detalle—. Muchas de esas mujeres son esposas adúlteras, repudiadas por sus maridos y obligadas a sobrevivir vendiendo su cuerpo.

Le llegó a irritar la frialdad con la que había soltado aquella frase, pero intentó no demostrarlo. Dio un rápido vistazo al depósito e hizo una nueva pregunta.

—¿Y el pájaro?

—¿Qué pasa con eso? —El doctor Bond no sabía a dónde quería ir a parar.

—¿Sabe cuál fue la causa de su muerte?

El médico volvió a coger la botella de licor, que se encontraba sobre la mesa, y dio un trago antes de responder, con una amplia sonrisa en los labios.

—No pretenderá que realice la autopsia de un pájaro, ¿verdad?

—Tal vez —siguió diciendo Clerkton, ignorando el tono burlón del otro—, si examinara el cadáver de la rapaz, podamos averiguar de dónde salió, y cómo llegó a tener ese ojo entre su pico.

—Ni sé dónde se encuentra, ni me interesa —replicó, con gesto de molestia—. No soy un veterinario, inspector. Usted encárguese de hacer su trabajo, que yo tengo muy claro cuál es el mío.

La actitud del doctor Bond le dejó en un callejón sin salida. No merecía la pena hacer más preguntas ese día, así que se despidió con toda la cortesía que pudo y regresó a la comisaría. Una vez allí, se reunió con uno de sus agentes, el joven William Orson.

—Supongo —dijo el inspector, una vez puso en antecedentes al agente— que no tendrá inconveniente en realizar jornadas más largas de lo habitual hasta que el caso quede cerrado. A fin de cuentas, fue usted quien comenzó a interesarse por él.

En realidad, contaba con suficiente personal —lo que era algo fuera de lo habitual— libre, y era del todo innecesario que el chico tuviese que alargar sus turnos. Aun así, Clerkton quería saber hasta dónde estaría el novato dispuesto a llegar para resolver un crimen. Su respuesta no le decepcionó.

—Será un placer, señor. Mañana tendrá la localización de su halcón, inspector. Y esta noche investigaré la identidad de la mujer.

—No —dijo Clerkton, con sequedad—. De eso último me encargaré yo.

Tal vez había sido demasiado brusco, pero no quería que el joven Orson rondara por los antros del East End de noche. Demasiado peligroso, si no sabías cómo comportarte, y el hecho de ser policía no detendría un cuchillo en la oscuridad.

Cuando Orson se alejó, el inspector tuvo la certeza de que, como el agente dijo, mañana sabría qué había pasado con ese halcón. Ahora era él quien tenía que cumplir con su parte, e intentar averiguar la identidad de la mujer descuartizada.

Esa misma noche, vestido para no desentonar en el oscuro barrio, Clerkton deambuló sin rumbo fijo por las neblinosas calles de Whitechapel. Un par de borrachos, alguna que otra prostituta y un altercado —por fortuna, sin armas— entre dos tipos que parecían estereotipados rateros extraídos de las páginas de alguna obra de Dickens. Tras un par de horas, decidió entrar en una taberna.

—Una cerveza —dijo, intentando que el tono de su voz no revelara su pertenencia al cuerpo, al igual que el aspecto harapiento que tenía le hizo pasear con cierta tranquilidad por las peligrosas calles de la zona. El camarero, sin mirarle dos veces, le sirvió la bebida en una jarra que no parecía haber sido limpiada en años, y se quedó esperando el pago, que el inspector se apresuró a hacer.

La verdad es que, por sus experiencias previas, sabía que intentar sonsacar a cualquiera de los parroquianos sería un intento vano. Prefirió beber despacio su cerveza mientras escuchaba los comentarios que estos iban haciendo. Llevaba media jarra cuando escuchó algo inesperado.

—No puedo creerme lo incompetentes que son los policías en esta ciudad —dijo un hombre corpulento a sus compañeros de mesa—. Nos dejaron a merced de ese Destripador, y ahora tenemos que enfrentarnos al homicida del Torso.

—¿A quién? —preguntó uno de sus compañeros, entrado en años y con más alcohol en el cuerpo que una tinaja de vino. El otro resopló antes de hablar.

—¿Quién va a ser? Ese que mata mujeres. ¿No te enteraste de lo del año pasado? Pues hace una semana volvió a actuar.

«¿Lo del año pasado?»

—Otra vez un torso desmembrado —siguió diciendo el primer hombre, después de apurar su bebida—, aunque por lo menos esta vez han logrado encontrar la cabeza.

—¿Se sabe quién era? —preguntó un hombre que se acercó a la mesa, y que debía de conocer al resto.

—Por lo que he oído, no creo que se tratara de ninguna fulana.

Clerkton dejó la jarra, aún sin terminar, y salió a toda velocidad del tugurio. Supusieron que se trataba de una prostituta porque fue encontrada en el barrio, y los asesinatos del Destripador estaban recientes en sus mentes, pero en realidad no había nada que apoyase esa teoría. Pensándolo bien, todo indicaba justo lo contrario: que se trataba de una mujer de clase acomodada. ¿Cómo había podido ser tan estúpido?

Ojos y halcones

A la mañana siguiente, el inspector tenía dos tareas pendientes. Por un lado, averiguar si había sido denunciada la desaparición de alguna mujer en las últimas semanas. Por otro, descubrir a qué se referían con eso de "el homicida del Torso".

No tardó más de media hora en averiguar la segunda cuestión. Al parecer, mientras él estaba enfrascado en la búsqueda del Destripador, un torso había sido encontrado en el sótano de la mismísima sede de la División A de la Policía Metropolitana, en Whitehall. Tanto el inspector Reid como él se encontraban en plena investigación de lo que fue denominado como el "doble acontecimiento", y la prensa tampoco hizo mucho aprecio a ese caso, alejado de la forma en que Jack *trabajaba*. Nunca llegó a descubrirse la identidad de la víctima, porque la cabeza no fue encontrada.

La primera tarea, sin embargo, fue más ardua.

Sin contar Whitechapel, la cifra de mujeres desaparecidas de un mes a esta parte ascendía a más de una docena, casi todas felizmente casadas —según sus cónyuges, claro—. Por la edad estimada de la víctima, su pelo castaño y los rasgos aún identificables en el cadáver, Clerkton se decantó finalmente por dos de ellas. Esa misma tarde iría a visitar a los maridos y, de ser necesario, los acompañaría a la morgue a identificar el cuerpo. ¿El motivo de no ir aquella mañana? En realidad, había dos: por una parte, los maridos estarían trabajando, y sabía por experiencia que sería mucho más fácil tratar con ellos en sus casas, donde se sentirían más a gusto.

El otro motivo se encontraba frente a su mesa, esperando a que terminase de tomar notas.

—Dígame qué ha averiguado, agente Orson.

—Me temo —comenzó a decir— que el halcón está desaparecido. Pero he traído conmigo al agente Wobble, que fue quien encontró al pájaro.

Fue entonces cuando se fijó en un pelirrojo situado unos pasos detrás de Orson. Era aún más joven que él, y parecía a punto de desmayarse por los nervios. Clerkton se preguntó cuál habría sido su reacción ante el escalofriante hallazgo.

—Acérquese, agente Wobble, y cuénteme lo que ocurrió.

—Sí, señor inspector, señor. —Intentó tranquilizarle moviendo con lentitud las manos hacia abajo—. Verá, señor, ese día estaba patrullando cerca de Trafalgar cuando una mujer se acercó y me dijo que había encontrado a ese pájaro, con un ojo en el pico.

—Con "inspector" será suficiente, hijo. ¿Cómo se llamaba la mujer?

Wobble permaneció en silencio, dando a entender que aquel dato le resultaba del todo desconocido. El inspector reprimió un suspiro de resignación para no alterarle más.

—¿Hay algo fuera de lo común que viera en la escena... del crimen? —Sonó un poco ridículo llamar así al lugar en el que había aparecido un pájaro muerto, pero a Clerkton no se le ocurrió otra definición.

—Nada que recuerde —admitió Wobble, apesadumbrado. Cuando el inspector ya iba a ordenarle que regresara a su puesto, el joven agente dijo algo inesperado—: reconocí al halcón, se... inspector. Era un halcón borní, curiosamente.

En otras circunstancias, el inspector Clerkton se habría interesado en cómo sabía aquello, descubriendo así que el hermano del padre de Wobble, Arthur, había sido cetrero durante años, y había instruido a su sobrino en ese arte, mediante la observación directa de diversas rapaces o, siendo esto imposible, mediante algunas más o menos elaboradas ilustraciones.

Sin embargo, la parte de la frase que más captó la atención del inspector no fue el tipo de halcón.

—¿Por qué es eso curioso, hijo?

—Bueno, señor, los borní no son autóctonos de nuestro país —respondió, como si resultara obvio—. Yo creo que podría tratarse de un ejemplar africano.

Un halcón africano muerto en pleno centro de Londres, con un ojo en el pico. Si ese escritor, Doyle, quisiera seguir haciendo aventuras con su detective —comoquiera que se llamase—, desde luego que este sería un argumento que engancharía a los lectores. En una auténtica investigación policial, por otra parte, ese dato no tenía en apariencia ninguna importancia. Desde luego, tomaría buena nota de ello; hasta los detalles más nimios podían ser esenciales para llegar al fondo de una investigación. Si el caso del ojo y el (o los) del Torso se relacionaban, la unión de todas las pistas por separado podía llevarles hasta la captura del culpable.

Así pues, se despidió de Wobble, felicitó a Orson por su eficiencia, y comenzó a plantearse cómo llevar las charlas —o interrogatorios, según como se mire— de los hombres a los que iba a visitar. Lo mejor sería volver a leer los informes de los atestados.

La mujer del primer caso, Mary Elisabeth Gordon, hacía tres semanas que faltaba de casa. Había unas notas garabateadas en los papeles, cosa bastante poco profesional pero que le serviría para saber qué pensaba el oficial mientras hablaba con el marido.

Cuando lo revisó por primera vez, había omitido leer esas notas. Ahora, tras un par de páginas, se imaginaba al señor Gordon como un ogro intratable, cuya mujer con suerte habría escapado de su lado o, en el peor de los casos, sucumbiría a las palizas de su marido quien, tras esconder el cuerpo, procedió a denunciarlo, como cualquier amante esposo. Pensándolo bien, era poco probable que aquella fuese la mujer del depósito. Lo que le dejaba con una única opción.

Anne Michelle Nichols, de veintisiete años. Casada con Rupert Nichols, un importante mercader, al parecer. En esta ocasión no encontró *ayudas manuscritas* junto al atestado, así que se limitó a leer la declaración de Nichols.

31

Según venía escrito, la desaparición tuvo lugar el 7 de septiembre, tres días antes de que se hallara el cuerpo. A Clerkton no le terminaban de gustar los mercaderes, tenía que admitirlo, pero no había ningún indicio en ese informe que sugiriera la fuga de la mujer. De todas formas, una vez delante de él, las cosas resultarían más claras.

LA CONEXIÓN AFRICANA

—¿Señor Nichols? Soy el inspector Clerkton, de la Policía Metropolitana.

El hombre puso un gesto extraño, que podía ser de curiosidad. Tras una pequeña duda, estrechó la mano extendida del policía.

—¿Saben algo de Michelle? —preguntó de inmediato. Clerkton no se anduvo por las ramas.

—Me temo que podemos haber encontrado su cuerpo —dijo—. Necesitaría que me dijera si su mujer tenía alguna marca de nacimiento, o cicatriz.

Observó con detenimiento su reacción, esperando algún gesto fuera de lo común. Sin embargo, Rupert Nichols reaccionó exactamente como imaginaba.

—¿¡Le parecen formas de dar una noticia así!? —soltó el hombre, elevando la voz mucho más de lo que la sensatez recomendaba para conversar con un miembro de la Policía. Al parecer, se percató enseguida, pues bajó la voz al seguir hablando—. Santo cielo, inspector, disculpe mis modales, pero comprenda que sus palabras me han afectado.

—Lo entiendo, señor Nichols. Ahora, ¿podría responder a mi pregunta?

Alterado como estaba, el mercader tardó unos segundos en darle la información que requería.

—Michelle tiene… o tenía, un pequeño lunar en el cuello. Cuando desapareció llevaba un vestido de color azul turquesa; no sé si eso le servirá.

No era mucha información desde luego. Lo del vestido, concretamente, eran datos inútiles, pues el cuerpo estaba por completo despojado de ropa y complementos. Y, dada la decapitación, el lunar tampoco iba a ser fácil de encontrar. La única solución iba a ser tener que llevar al marido hasta el depósito; algo que no le hacía mucha gracia, desde luego, porque el estado del cuerpo era lamentable.

—Tenía una extraña enfermedad en los ojos. —Rupert bajó la voz al hablar de este tema, como si sintiese vergüenza—. Estaba tratándose, por supuesto.

—¿Qué clase de enfermedad?

—Uno de sus ojos era… más oscuro que el otro —admitió, al fin—. Ya sabe, como esos perros que tienen un ojo de un color y el otro distinto.

Clerkton notó, a pesar de no haber viento, una corriente de aire frío recorriendo su cuerpo.

—¿Su ojo derecho era azul y el izquierdo marrón? —preguntó directamente. Rupert se percató de que aquella pregunta iba acompañada de una certeza: la de la muerte de su esposa. Asintió con la cabeza, incapaz de articular palabra alguna.

Al menos, la mujer ya tenía nombre. Aun así, aquello no alegró al inspector. Cuando estaba a punto de dejar solo al cabizbajo viudo, se le ocurrió una última pregunta; un tiro a ciegas, sí, pero debía intentarlo.

—Señor Nichols, quisiera saber algo: ¿tiene usted algún negocio relacionado con halcones en África?

—¿Halcones? —Rupert se mostró confundido—. No, en absoluto. Mis negocios con Egipto no incluyen ningún tipo de animal. ¿Por qué lo pregunta?

Así que Nichols tenía intereses en Egipto. No se salía de lo normal, pues desde que el gobierno adquirió poderes en el uso del canal de Suez y posteriormente el país se convirtió en protectorado británico, muchos comerciantes habían decidido probar suerte con los productos del exótico país. En definitiva, la respuesta no le llevaba, por el momento, a ninguna parte.

—Nos pondremos en contacto con usted para que pueda proceder al sepelio de su esposa, señor Nichols. Mis condolencias por su pérdida.

REFLEXIONANDO

Esa noche, Clerkton apenas pudo pegar ojo. No dejó de darle vueltas a lo poco que había descubierto pues, aunque sabía el nombre de la víctima, la decapitación y el desmembramiento, así como la extracción del ojo y su posterior hallazgo junto a un pájaro africano, no aparentaban tener el más mínimo sentido.

Y luego estaba el otro cuerpo, el que se encontró hacía un año. No sabía dónde lo habrían enterrado, aunque tampoco tenía mucha importancia; no podría obtener ningún dato de él, tras tantos meses de descomposición. Además, al no haberse encontrado la cabeza, era imposible saber si el criminal había extraído algún ojo en aquella ocasión. Si es que se trataba del mismo asesino, claro.

Una cosa que tenía pendiente era hablar con el doctor Bond. No solamente para que se rellenaran los formularios necesarios que pondrían el cuerpo a disposición del marido, sino por la satisfacción que sentiría cuando le dijera que los dos ojos pertenecían a la misma mujer. Sintió algo de culpabilidad por usar un crimen tan horrible para menospreciar al forense, aunque había que reconocer que se lo tenía bien ganado.

Cuando por fin logró cerrar los ojos y comenzar a caer en los brazos de Morfeo, en su mente se formaron dos iris de distinto color, observándole entre las sombras.

UNA EXTRAÑA PETICIÓN

—Así pues, después de todo estaba usted equivocado. —El inspector finalizó con esta frase su exposición, mientras Thomas Bond repiqueteaba la mesa usando los dedos de su mano izquierda. Le pareció observar que el médico hacía un gesto en dirección al cajón donde guardaba el licor, pero no llegó a abrirlo.

—Pues yo creo que la equivocación fue motivada por culpa suya —argumentó, acercándose a él—. Según me dijeron, la mujer ejercía la prostitución. Si ese hubiera sido el caso, su enfermedad habría hecho que fuera famosa en todo el East End

Eso era cierto. Una prostituta con un ojo de cada color habría sido la comidilla del barrio, por no decir de la ciudad entera. El buen doctor tenía razón esta vez: el fallo fue suyo, por no investigar adecuadamente el caso desde el principio. Es probable que ni se hubiese interesado por aquello de no ser por el agente Orson.

—Ha dicho que se estaba tratando. —La frase fue hecha por Bond en un tono intermedio entre la afirmación y la interrogación—. Sin embargo, desconozco que exista cualquier tipo de cura para lo que le ocurría a esa mujer.

—Tampoco tiene mucha importancia ya. —Clerkton se dispuso a abandonar el depósito—. Doctor Bond, si averigua algo más…

—¿Podría quedarme con los ojos?

—¿Quiere quedarse con el ojo, doctor? —preguntó escandalizado Clerkton. Bond negó con la cabeza.

—No, me gustaría poder hacer pruebas a ambos ojos, tanto al encontrado como al que aún conserva, que ya no le será de utilidad.

—¿Pretende que devolvamos un cuerpo sin ojos al marido? ¡Está usted loco! ¡Por supuesto que no! ¡Deje que descanse en paz, por amor de Dios!

Salió de allí dando un portazo, con la rabia por la recién escuchada aberración recorriendo su columna vertebral. El forense debía de haberse vuelto completamente chiflado, tan solo por proponer tal cosa. Tuvo que tomarse una copa, a pesar de la hora, para comenzar a tranquilizarse un poco.

Cuando la indignación dio paso a la curiosidad, Clerkton se preguntó la razón de la extraña petición de

Bond. Su primer pensamiento, en el depósito, fue que el médico quería investigar sobre la enfermedad de la mujer. Ahora dudaba sobre los verdaderos motivos del peculiar médico. De todas formas, era inconcebible que le arrancasen un ojo a una difunta.

THE NEMESIS OF NEGLECT.

"THERE FLOATS A PHANTOM ON THE SLUM'S FOUL AIR,
    SHAPING, TO EYES WHICH HAVE THE GIFT OF SEEING,
INTO THE SPECTRE OF THAT LOATHLY LAIR.
        FACE IT—FOR VAIN IS FLEEING!
RED-HANDED, RUTHLESS, FURTIVE, UNERECT,
'TIS MURDEROUS CRIME—THE NEMESIS OF NEGLECT!"

LOBOS Y HOMBRES

Los días fueron pasando sin que apareciesen nuevos indicios, y el caso fue quedando relegado al olvido. Para todos menos para el inspector Clerkton, que comenzó a obsesionarse cada vez más con él. Durante varias semanas, revisó cada caso de desaparición denunciado en los dos meses anteriores a la aparición del primer cuerpo —al que los agentes encargados del caso llamaron en su momento «señora Smith»—, con la esperanza de encontrar algo que le sirviera para descubrir su identidad. Por desgracia, sin saber qué buscar, resultaba imposible sacar nada en claro, máxime cuando en esa época se denunciaron más desapariciones —la mayor parte de ellas infundadas— que durante el resto de año. A fin de cuentas, esos fueron los meses en que Jack recorría la ciudad, y la gente estaba asustada y confundida.

Por un momento, se preguntó si el asesino pretendería usar los crímenes del Destripador para *ahogar* los suyos propios. Hay que decir que, lo hiciera a propósito o no, sin duda lo consiguió, porque de no ser por la conversación que de manera fortuita había escuchado en aquella taberna, ni el propio inspector habría sido consciente de ese homicidio.

Clerkton no tenía familia cercana, y es probable que hubiese pasado la Navidad entre informes si no hubiese escuchado, nuevamente de forma accidental, una curiosa conversación en la comisaría.

—Yo creo que debió de tratarse de un lobo —afirmaba uno de los agentes—. Sí, seguro.

—¿Un lobo en pleno centro de Londres? —Steward, uno de los sargentos más antiguos en el cuerpo, se rio a carcajadas ante la ocurrencia—. Venga, chaval, deja el opio.

El pequeño corro de agentes rieron al unísono, mientras el primero se sonrojaba y guardaba silencio. El inspector decidió intervenir y detener las burlas.

—¡Muy bien! —exclamó para acallarlos—. Caballeros, les recuerdo que forman parte de las fuerzas de la ley de Su Graciosa Majestad, la Reina Victoria. Hagan el favor de comportarse como tal.

El grupo se disolvió entre silenciosas disculpas, quedando solamente ante él William Orson, pues ese era el agente que había dicho la aparentemente graciosa frase.

—¿De qué iba todo eso, Orson?

—Es por un caso, señor —respondió—. Un hombre ha fallecido a causa del ataque de un perro rabioso, según dicen, aunque en mi opinión debió de tratarse de un lobo, o algo similar.

—Bueno, bueno; no sea tan contundente en sus afirmaciones. ¿Qué dicen los testigos?

—La verdad es que no hemos podido dar con ninguno. Ya sabe cómo son por Whitechapel.

Lo sabía. Y también era consciente de cómo tomaron por una prostituta a la mujer de un próspero comerciante, simplemente porque encontraron allí su cuerpo. Clerkton creía más en la dura investigación que en los presentimientos, pero tuvo un fuerte pálpito que decidió no desechar.

—¿Conocemos ya la identidad de ese individuo?

—Aún no, inspector —admitió Orson—. Bueno, suponemos que se trataba de un vagabundo, porque llevaba unas ropas sucias y raídas.

—Cuando lo averigüe —Clerkton ignoró el comentario de su subordinado—, avíseme de inmediato.

—Señor, yo… el caso lo está llevando personalmente el inspector jefe Swanson.

¿Donald Swanson, el máximo responsable dentro de la División H durante el caso del Destripador, investigando el ataque de un perro a un vagabundo? No hacía falta ser un lince para darse cuenta de que algo no cuadraba en todo aquello.

—De acuerdo —dijo, tras pensarlo—. Yo mismo me encargaré de hablar con él. Puede irse, agente.

Tras cuadrarse de una manera algo torpe, Orson dejó el lugar. Mientras, el inspector continuaba preguntándose el porqué de la asignación de ese caso nada menos que a Swanson.

OCULTACIÓN

—¿Andas muy liado, Don? —Clerkton, un par de días después de su conversación con el agente Orson, y tras haber indagado un poco sobre el ataque canino, tomó la decisión de ir a ver a su colega. Donald Swanson era un tipo serio, con un tupido bigote y siempre de punta en blanco, aunque en la intimidad resultaba bastante agradable, por norma general.

—Ya sabes cómo son las Navidades en esta ciudad, Piers —respondió el otro, sin levantar la vista del montón de papeles que cubrían su escritorio—. Por suerte, me queda poco para la jubilación.

Clerkton sonrió. Swanson llevaba usando esa última frase al menos diez años, aunque era cierto que ya le quedaba poco para jubilarse. Entró en el despacho y cerró la puerta detras de él.

—Quería hablarte de uno de tus casos: el ataque de un perro a un hombre, en los muelles del East End.

—¿Por qué te interesa el caso de ese indigente, Piers? ¿Te aburres? —Lo dijo en un tono desenfadado, pero el hecho de que levantara la vista tras la frase de

Clerkton dejaba traslucir un interés mayor del mostrado. Decidió tantear el terreno con más cuidado, de ahora en adelante.

—Me preguntaba si ya habías averiguado la identidad del fallecido —dijo—. Además, mis agentes están con la duda de si el ataque fue producido por un perro o por un lobo.

Dijo esta frase para relajar el ambiente, pues resultaba inconcebible que ocurriese el ataque de un lobo en pleno centro de Londres. El rostro de Swanson, lejos de mostrar una sonrisa, reflejó por un segundo una mueca de desagrado.

—Como te he dicho, tengo mucho papeleo que resolver, y mi tiempo para estupideces se ha agotado. Un vagabundo ha muerto; es trágico, pero ocurre a diario. Si no tienes más preguntas…

Clerkton sí tenía una pregunta más.

—Sólo una cosa. ¿Han capturado al perro? Si es un animal rabioso, puede convertirse en un grave problema de salud pública.

—No, no lo hemos hecho, Clerkton —Swanson dejó de tratar con familiaridad a su compañero, para remarcar el desagrado que le producía la conversación que estaban teniendo—. Te avisaré cuando ocurra. ¿Satisfecho?

¿Lo estaba? En cierto sentido, sí; había descubierto más cosas de las que pensaba, y todo gracias a lo poco que Swanson había dicho. A aquel hombre no lo había atacado un perro rabioso, y Swanson lo sabía. Si era o no consciente de la identidad del fallecido, eso no estaba claro.

Pero lo iba a averiguar.

TROFEOS

La morgue parecía más fría de lo habitual, tal vez por la falta de presencia de otros seres vivos dentro. El doctor Bond no se encontraba allí, y por un instante Clerkton se planteó buscar por su cuenta el cadáver. Al final, tomó la decisión de coger la pequeña botella de licor del médico y echar un trago, para intentar entrar en calor.

—Vaya, vaya, inspector —dijo alguien a su espalda—. ¿Bebiendo de servicio?

A punto estuvo de dejar caer la botella, más por la impresión de escuchar una voz en aquella escalofriante sala que por las palabras. No se volvió para responder y, en lugar de eso, dejó la botella mientras contestaba.

—Me parece increíble que pueda trabajar en este lugar, la verdad. Parece más una nevera que una habitación.

—Así debe ser, para que los cuerpos se mantengan intactos el mayor tiempo posible. —Aunque no lo vio, Clerkton se imaginó al forense encogiéndose de hombros mientras pronunciaba la frase. Cuando le observó, no pudo notar ningún resquicio del mal genio que había mostrado la última vez que se vieron. Quizá el hombre se había olvidado de esa conversación, o finalmente había comprendido lo descabellado de su petición.

—No sé si tiene aquí el cuerpo del hombre fallecido a causa del ataque de un perro rabioso —Clerkton no quería irse por las ramas estaba vez. El doctor Bond se llevó la mano izquierda a la barbilla, como si la cuestión hubiera tratado sobre una complicada fórmula química—. No es una pregunta tan difícil, doctor.

—Me pone en un compromiso, ¿sabe? Ese caso es de Swanson, y tengo órdenes estrictas suyas de mantener el cadáver aislado hasta que se produzca el entierro.

El inspector se quedó helado —más helado aún de lo que estaba—, tras escuchar aquello. Su estómago se encogió, como instándolo a abandonar el depósito, a olvidarse de aquel extraño caso que claramente le superaba. Y si no lo hizo, es probable que se debiera a que el médico continuase hablando.

—Sin embargo, no me impidió revelar los detalles de la autopsia.

Como poco, era peculiar que Bond le ayudara, pero no quiso darle más vueltas, ni preguntarle los motivos.

—¿Fue un perro? —preguntó, seguro de que la respuesta sería negativa.

—Podría ser, aunque me ha resultado imposible saber qué clase de perro. Aun así, yo diría que se trata de otro animal, aunque emparentado con el perro.

—¿Un lobo?

—¿De dónde ha sacado esa absurda conclusión? ¡Claro que no! Si se hubiera tratado de un lobo, lo habría descubierto con rapidez. No, mi conclusión es que se trata de algún animal exótico. Si yo fuera usted, intentaría saber si ha habido alguna desaparición en el zoológico.

—Le agradezco la información, doctor. —Clerkton se preparó para dirigirse a ese lugar. No había escuchado ninguna noticia sobre una fuga del zoológico, pero la conclusión de Bond le pareció razonable. Sus pasos fueron interrumpidos por una nueva revelación del forense.

—Todavía no le he contado lo más extraño que he encontrado, inspector —Hizo una larga pausa y carraspeó un par de veces antes de aclarar sus enigmáticas palabras—. Al pobre diablo le cortaron un apéndice.

—¿Cortado, dice usted? ¿No puede ser que ese animal, lo que fuera, se lo arrancara?

El médico cogió la botella, que Clerkton había dejado sobre la mesa, y dio un trago.

—Por favor, inspector Clerkton… Seguro que hasta usted notaría la diferencia entre una amputación y un mordisco.

—Entonces, ¿está sugiriendo que esa muerte no fue accidental? ¿Había alguien más ahí, que se llevó un dedo de recuerdo?

La sonora carcajada de Bond no solo estaba fuera de lugar en la conversación, sino también en el lugar donde se hallaban.

—¿Un dedo, dice? —Dio otro trago y guardó la botella en el cajón—. Inspector, le seccionaron el pene. Un extraño trofeo, si me lo pregunta.

UN PEQUEÑO DESPISTE

Nunca le habían gustado los animales, tenía que admitirlo. Siendo crío, sus padres le llevaron alguna vez al Zoológico, pero nunca llegó a prestar atención a las múltiples especies que convivían allí. Quitando algún mono y unos cuantos cuadrúpedos, el resto de animales le parecían aterrorizantes; bestias deseosas de clavar sus garras, sus dientes, por todo su cuerpo. Tenía miedo a los animales, sí, aunque eso no disminuía su determinación actual.

El sol iba desapareciendo por el horizonte, y el parque apenas contaba ya con unos pequeños grupos dispersos de personas. Se acercó a uno de los guardas del lugar y se identificó.

—Inspector Clerkton, de la Policía Metropolitana. Querría hablar con el responsable.

Más que una petición, fue una orden velada. El guarda observó a Clerkton con cierto temor.

—Lo lamento, inspector, pero el señor Sclater no se encuentra hoy en las instalaciones.

—Y, ¿dónde puedo encontrarlo?

—Supongo que estará en su casa, inspector —respondió. Clerkton aguardó a que continuara, pero el hombre no parecía tener nada más que decir.

—¿A qué espera? —preguntó, autoritario—. ¡Deme su dirección, santo cielo!

El inspector apuntó los datos y se fue de allí sin siquiera despedirse del guarda. Philip Lutley Sclater, el Secretario de la Sociedad Zoológica de Londres, vivía en una de las zonas más exclusivas de la ciudad. No es que Clerkton fuese pobre, pero aquello estaba a otro nivel. Incluso dudó antes de llamar a la puerta de la lujosa y gran casa.

—¿Qué desea? —preguntó una mujer de mediana edad, que fue quien abrió la puerta.

—Soy el inspector Clerkton, de la Policía Metropolitana —dijo por segunda vez esa noche—. Quisiera hablar con el señor Sclater.

La mirada de reproche, producida por la tardía visita, dio paso a una expresión de sorpresa. Clerkton estaba convencido de que la Policía no solía pasar mucho por ese barrio, y su llegada era un acontecimiento inesperado. Se apartó de la puerta para franquearle el paso, y el inspector entró en la casa.

Era, si cabía, más impresionante por dentro que por fuera. El mobiliario que pudo ver en la entrada sobrepasaba con mucho su poder adquisitivo. Una acristalada lámpara dominaba el techo, y el brillo de los metales le hicieron pensar que se trataba, seguramente, de plata. La mujer salió con más velocidad de lo que su edad aconsejaba en pos de su señor. Clerkton no se atrevió a internarse más en el lugar.

—Buenas noches, inspector…

—Clerkton. Piers Clerkton. —El inspector habló antes incluso de haber terminado de girarse en dirección a la voz masculina, sin duda proveniente de Philip Sclater.

—Inspector Clerkton. Me suena su nombre. ¿En qué puedo ayudarle?

El hombre que se encontraba ante él iba trajeado, y portaba una larga barba y un espeso bigote, ambos blancos. Al menos debía de tener setenta años, aunque no usaba bastón ni aparentemente lo necesitaba. Decidió ir poco a poco, hasta saber lo dispuesto que aquel individuo estaba a colaborar.

—¿Es usted científico, señor Sclater?

—Zoólogo —puntualizó—. Y abogado. Ambas cosas me han sido muy útiles en la vida.

—También es el responsable del zoo de Londres, por lo que tengo entendido.

—Tengo ese honor, sí —dijo, orgulloso—. Desde hace casi treinta años.

—Y, en ese tiempo, ¿se han escapado muchos animales?

Notó que su frase había sido desafortunada cuando el anciano gruñó.

—¿Escapado? ¡Válgame el cielo! ¡Nunca se ha escapado un animal de mi zoo, señor! —exclamó, indignado—. Aún no me ha dicho qué le trae por aquí, inspector, y no tengo toda la noche.

Odiaba la prepotencia que mostraban las clases altas, incluso con las fuerzas del orden. Se tragó su orgullo e intentó que la conversación siguiera fluyendo calmadamente.

—Discúlpeme —dijo, a regañadientes—. Habíamos recibido avisos de avistamientos, cerca del zoo, de alguna clase de animal. Parecido a un perro, según algunos testigos.

—Si parecía un perro, sería un perro —Sclater se había tranquilizado un poco, pero su tono seguía siendo desagradable—. ¿No es usted policía? Investíguelo.

—Eso trato, señor. Ningún testigo lo identificó como un perro, sino como "algo parecido a un perro". Tenía la esperanza de que, con su ayuda, pudiéramos evitar un escándalo para el zoo.

La apuesta era fuerte, y Clerkton temió que no diera resultado. Sin embargo, Sclater pareció envejecer diez años después de escucharle.

—Nuestras instalaciones son muy fiables, inspector… Aunque, según me han informado, ha ocurrido una desaparición.

Si por Clerkton hubiese sido, arrestaría ahora mismo a aquel hombre por no haber dado parte del suceso. No obstante, sabía que ahora lo más importante era recabar información sobre dicha "desaparición". Sclater, viéndose en una mala situación, decidió narrar toda la historia.

—El miércoles pasado, uno de los guardas del zoo vino a verme —comenzó a explicar—. Es bastante poco habitual que se acerquen hasta mi casa, y reconozco que no me lo tomé muy bien. Las noticias que traía eran algo confusas, y al final la señora Hughes tuvo que prepararle un tónico antes de que pudiéramos sacar ni una cosa en claro de sus explicaciones.

»Según narró, mientras estaban suministrando alimento a las fieras, se percataron de que en una de las jaulas faltaba un animal. Los registros son detallados, pero no se puede decir que estén muy bien ordenados, y tardaron varias horas en corroborar que, en efecto, había un animal de menos. Tras dicha comprobación, revisaron la seguridad de la jaula, para descubrir cómo había podido escapar. Y su conclusión fue que no pudo hacerlo. Alguien se lo había llevado, probablemente durante la noche anterior. Ha de comprender, inspector, que un robo en el zoológico de Londres es un asunto que no podía trascender a la prensa, y ese es el motivo de que no diéramos parte a las autoridades.

La paciencia de Clerkton se iba agotando por momentos.

—¿Quiere decirme de qué animal se trata? —preguntó, en un tono que hizo retroceder un paso a Sclater.

—Un chacal. Un chacal dorado.

Había oído hablar de esos animales, pero su imagen se resistía a aparecer en su mente.

—¿Eso se parece a un perro?

—El chacal dorado está emparentado directamente con perros y lobos, inspector. Es un ejemplar muy valioso, ya que el resto de especies de chacal africano no pueden…

—¿Africano? —La palabra retumbó en su cabeza—. ¿Proviene de África?

En ese instante estuvo convencido de que el asesinato de la señora Nichols y la muerte del desconocido guardaban relación, de algún modo. Claro que no podía llegar a imaginarse hasta qué punto.

Hasta que la muerte...

Swanson dejó su almuerzo a medias y se quedó mirando a Clerkton, que estaba apoyado sobre la mesa de su despacho como si se tratara de la barra de una taberna.

—¿Qué demonios quieres ahora? —preguntó desafiante el inspector jefe. Clerkton esbozó una leve sonrisa antes de contestar.

—Un chacal. Fue un chacal lo que mató a ese hombre. ¿Lo sabías?

—¿Y cómo se supone que iba a saberlo? ¡Por Dios, Piers, creo que necesitas unas vacaciones!

—Quizá tengas razón, Don —admitió—, pero eso no le resta importancia a este asunto, ¿no crees?

—Ten cuidado; te estás adentrando en una jungla muy peligrosa —le advirtió Swanson, señalándole con el dedo.

—¿Una jungla peligrosa? ¿Africana, tal vez?

Aquello hizo que Swanson estallara definitivamente.

—¿Quieres seguir investigando el caso tú, Clerkton? ¡Pues tuyo es! ¡Ahora, fuera de mi despacho!

No podía estar alegre por la amarga victoria que acababa de lograr, aunque sí satisfecho. Los gritos del que había sido su amigo —y muy probablemente ya no lo era— se escucharon por toda la comisaría. Fuese un arrebato, o lo dijera en serio, el caso era suyo. Y tenía intención de profundizar todo lo que hiciera falta, incluso si cavando llegaba al mismísimo infierno.

Para empezar, no estaría de más hacer una nueva visita al doctor Bond. Debía felicitarle por su acertada idea, y además quería echar un vistazo al cadáver. Apoyado en la certeza de que todo ese asunto estaba relacionado con el continente africano, quizá lograse descubrir alguna pista en el cuerpo que se hubiese podido desechar.

Aunque el chacal y el halcón no eran lo único que relacionaba ambos casos. El asesino se llevó un trofeo de las dos víctimas. Un ojo, en el primer crimen, y el miembro viril de la segunda víctima. No, en realidad se trataban de la segunda y la tercera víctimas, respectivamente; la primera fue la que apareció hacía un año.

Enfrascado en esos pensamientos, llegó hasta el depósito.

La conversación entre Clerkton y Bond fue larga, y mucho más agradable que las anteriores. El forense admitió que, tras el caso del Destripador, estaba deseando echarle el guante a un nuevo misterio y poder resolverlo con éxito. El inspector se disculpó por la brusquedad con la que solía tratarlo y, tras algo más de una hora, ya se trataban como viejos colegas. Por fin, Clerkton reiteró su petición de ver a la víctima del ataque.

—No hay mucho más que ver de lo que ya le he contado —admitió el médico mientras abría una de las cámaras metálicas del cuarto—. Múltiples dentelladas, y el seccionamiento del miembro.

Cuando el cuerpo apareció, Clerkton sacó varias conciusiones.

Primero, el hombre estaba casado, como atestiguaba el anillo de su dedo anular.

Segundo, que las andrajosas ropas no cuadraban con los elegantes, aunque sucios y semidestrozados, zapatos.

Tercero… que ya conocía a ese hombre. Se encontró con él hacía varias semanas, cuando le transmitió la información sobre la muerte de su esposa.

Era Rupert Nichols, el mercader.

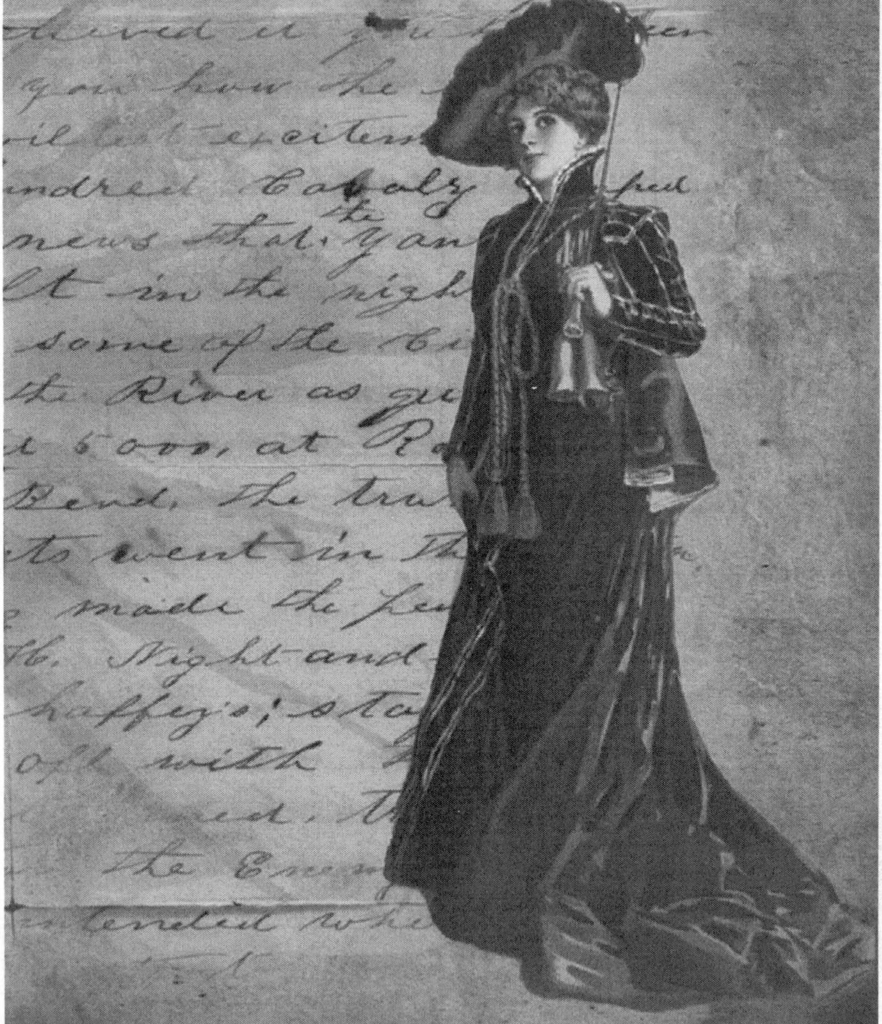

NEGOCIOS

—Sí, así es —afirmó el dueño de la compañía Morris & Harris. En concreto, se trataba de Bernard Morris. El inspector Clerkton no había tardado mucho en relacionar a Nichols con una empresa mayor, y su duda era si la señora Nichols también participaba en los negocios de su marido. Había decidido no hablar de la muerte de Rupert, y oficialmente estaba allí por la muerte de la esposa y la desaparición del marido.

—Encuentro extraño que una mujer se dedicase al comercio en gran escala, y más tratándose de destinos tan lejanos —confesó Clerkton. El otro hizo un gesto que denotó con claridad el apoyo a esa sentencia.

—Ya sabe, inspector. En estos últimos años, se pueden encontrar mujeres en trabajos de lo más variopintos. Si yo le contara…

—Ahora —dijo el inspector— me interesaría más saber con qué comerciaban exactamente los señores Nichols. Recuerdo que él me habló de negocios en Egipto, aunque no llegó a especificar de qué se trataba.

Morris, que no se había levantado más que para recibirlo, cogió uno de los enormes libros que tenía sobre la mesa. Tardó un par de minutos en dar alguna respuesta, mientras pasaba el índice por las entradas que cada hoja contenía. A Clerkton le resultó curioso que no recordara los negocios que los Nichols tenían con él, a pesar de la rapidez con la que afirmó que la señora Nichols formaba parte de su empresa.

—Joyas y perfumes —sentenció, cerrando el libro—. Llevaban casi un año trabajando con nosotros y trayendo estas mercancías desde El Cairo hasta Londres.

Ninguna referencia a animales, aunque ya lo esperaba. Lo importante era que había confirmado la vinculación de ambas personas con Egipto. El señor y la señora Nichols, sin duda, hacían algo más que traer joyas desde allí; algo lo suficientemente peligroso como para acabar muertos.

Por otra parte, el primer torso encontrado no parecía guardar relación alguna con ellos.

—¿Desapareció alguna empleada suya durante el pasado año, señor Morris?

—No, que yo recuerde. No obstante, si encuentro alguna información al respecto, le avisaré —respondió con serenidad—. Ahora, tendrá que disculparme; debo ir a una reunión en el otro extremo de Londres.

«Cuanto más dinero, menos educación», pensó Clerkton. De todas formas, no le quedaba nada más que averiguar en ese edificio. Se despidió con sequedad, aunque con corrección, y salió a las abarrotadas calles de Londres.

Su siguiente paso sería averiguar todo lo posible sobre la vida personal de las víctimas. Todo indicaba que los crímenes guardaban relación con sus negocios en Egipto, pero descartar otras posibilidades sería una insensatez, sobre todo viendo cómo las suposiciones que estuvieron haciéndose en estos asesinatos fueron, desde el principio, catastróficamente erróneas.

NUEVAS IDEAS

—Si los crímenes están vinculados con Egipto —razonó Orson, tras la pequeña explicación del inspector—, lo mejor sería contactar con alguien especializado en la materia.

Alguien especializado… Durante el caso del Destripador, la Policía llegó a contar con la ayuda de toda clase de *expertos*, desde médicos hasta carniceros, pasando incluso por un médium —algo que jamás salió a la luz, claro—. No sirvió de mucho. El joven agente, viendo la expresión de Clerkton, continuó con su disertación en voz más baja.

—Conozco a alguien que se mueve con esa gente. Puede que él sepa algo sobre el tema.

—Está bien —respondió el inspector—. Intente sacarle algo de información. Recuerde, no obstante, que el caso está en plena investigación, y que no podemos correr el riesgo de que se propaguen los datos de que disponemos.

Si sus sospechas llegasen a la calle, sería imposible evitar altercados con la comunidad egipcia. Además, resultaría mucho más difícil seguir indagando si el asesino o asesinos eran conscientes de en qué punto se encontraban.

Cuando Orson se alejó, el inspector siguió leyendo los papeles que tenía sobre la mesa. Su intención hablando con el agente era que este se dirigiese a la casa de los Nichols y buscase información sobre los movimientos del matrimonio durante los meses anteriores. Ya había descubierto algo inquietante de Rupert: durante los últimos meses, su patrimonio había descendido vertiginosamente. ¿Le estarían chantajeando? ¿Tal vez estaba pagando el rescate de su esposa? Clerkton tenía el presentimiento de que si seguía el rastro del dinero, estaría más cerca de la resolución de los crímenes. Se maldijo, una vez más, por no haber hablado más tiempo con aquel hombre.

Sin embargo, no era momento para lamentaciones. Rupert Nichols era socio de un Club Social de Londres, el Triple Star, y ese sería un lugar tan bueno como cualquier otro para recabar más datos sobre el fallecido. No era habitual que alguien no perteneciente a la aristocracia frecuentara uno de esos Clubs, según tenía entendido, y él tampoco sería bien recibido allí.

Ya empezaba a acostumbrarse.

—Debo insistir, señor —repitió el delgado individuo que se encontraba en la puerta—, que con ese atuen-
do no puede entrar aquí.

—Y yo le repito que soy inspector de la Policía Metropolitana de Londres. Si persiste en no dejarme pasar, va
a tener muchos problemas.

El delgaducho tragó saliva, pero no se movió ni un
centímetro. Al parecer, el temor que le producían los posibles problemas policiales era nimio en comparación a lo
que ocurriría si dejaba que Clerkton entrase. Por suerte, el
problema estaba a punto de solucionarse.

—¡Wilfred! —exclamó un hombre en el interior del
edificio—. ¿Qué está ocurriendo?

—Este caballero, el inspector Clerkton, quiere pasar
al Club. Ya le he dicho que es del todo imposible.

El hombre se asomó a la puerta y echó un vistazo al
intruso.

—¿Qué es lo que desea, inspector? Le aseguro que
no ha ocurrido ningún incidente que requiera la presencia
de Scotland Yard.

—En realidad soy de la Policía Metropolitana —aclaró—, y venía a hablar sobre Rupert Nichols.

De malas formas, el recién llegado apartó a Wilfred de la puerta.

—Pase usted, inspector. Podemos hablar en aquella salita —dijo, señalando hacia una de las puertas más cercanas—. Wilfred, si eres tan amable, trae un par de copas de Brandy. Y que nadie nos moleste.

La muerte de Nichols no había sido anunciada oficialmente, lo que hacía que esa reacción se saliera de lo que Clerkton podía esperar. Intentó no mostrar su confusión mientras acompañaba al desconocido, rumbo a la sala indicada. La conversación se pospuso hasta después de que Wilfred llevara las bebidas.

—Las actividades de los socios, aquellas que realizan fuera del Club, no son responsabilidad nuestra —dijo el hombre, en un tono afable pero firme.

—Según qué actividades, ¿no cree? —Clerkton decidió dejar al otro llevar la conversación. Iba a resultar más fácil así descubrir sobre qué trataba todo aquello—. No recuerdo su nombre —añadió.

—Estoy seguro, inspector, de que ninguno de los dos queremos que la prensa se haga eco de ciertos asuntos. Bastantes escándalos hay últimamente como para añadir más leña al fuego.

—Convénzame, entonces, de que este Club no forma parte de las actividades del señor Nichols —replicó Clerkton con decisión, esperando que esas palabras sirvieran para que el otro comenzara a contar algo útil. Tras un corto trago, la conversación se fue aclarando.

—¿Sabe? Yo fui uno de los que intercedió por Rupert. Para que pudiera formar parte de nuestro Club. La mayoría de los socios no veían con buenos ojos que un individuo de su clase social entrara en nuestro círculo. Al principio, admito que también yo fui reticente a que se uniera al Triple Star. Tras un par de conversaciones con él, por otra parte, me pareció un completo caballero: elegante, de modales distinguidos y con… ¿cómo lo diría? Con historias interesantes que contar.

—Ajá —sentenció el inspector, mirando fijamente a su interlocutor. Este no parecía en absoluto molesto por el escrutinio de Clerkton, aunque una delatora gota de sudor comenzó a bajar por su frente. Debía esperar y ver cómo seguían avanzando las cosas.

—Como le digo —continuó diciendo el hombre—, Rupert nunca ha afirmado rotundamente que sus… negocios fueran ilegales. Después de todo, yo no soy abogado y desconozco hasta qué punto puede ser un delito hacer lo que él hace.

Poco a poco, se iba cerrando en banda. El inspector tenía que actuar deprisa, si es que quería averiguar de qué trataba todo aquello.

—Los periódicos tampoco entienden mucho sobre lo que es legal o no —dijo—, aunque eso no les impide publicar todas las informaciones que les llegan, si lo consideran de interés. Y creo que en esta ocasión, costará ocultarles los datos.

Había dado en el blanco. El individuo soltó la copa de Brandy con brusquedad, haciendo que el líquido salpicase la pequeña mesa labrada y parte de la lujosa alfombra, y se puso en pie de golpe.

—¿Con quién cree que está hablando? —preguntó, en un tono que distaba mucho de la amabilidad y tranquilidad previas—. Inspector, si quiere enfrentarse a mí, espero que tenga una buena mano de cartas, porque yo no cedo ante burdos faroles. Dudo mucho que un periódico serio se interese por unas estatuillas, y mucho menos por los vicios de un don nadie.

—Nichols está muerto. Seguro que eso hace el tema más interesante, ¿no cree?

Clerkton observó con detenimiento la reacción de su adversario. Sin duda no se esperaba aquella noticia, e incluso trastabilló antes de volver a tomar asiento. Dio un trago que acabó con el ya de por sí escaso contenido de su copa antes de hablar.

—Santo Cielo… ¿Muerto? ¿Cómo…?

Decirle la causa de la muerte no iba a tranquilizarlo, así que el inspector prefirió indagar más en lo último que el otro había dicho, si bien no fue capaz de obtener ninguna información que, en apariencia, resultase de utilidad.

CRÍMENES

—¡Vaya! —El joven Orson abrió exageradamente la boca tras escuchar la historia de Clerkton—. Entonces, ¿traficaba con objetos egipcios robados?

—No está claro, pero eso parece. Una buena forma de ganar un dinero que le serviría para costearse su adicción.

Opio. Un gran mal de esos tiempos que, por desgracia, no tenía visos de desaparecer, pues contaba con la aprobación tácita de la Corona. Aparentemente, Nichols se apropiaba de una pequeña cantidad de las mercancías que pasaban por sus manos. Si su superior, Bernard Morris, se hubiera enterado, hubiese tenido un motivo para acabar con él. Incluso con ambos cónyuges, si es que la señora Nichols participaba también en aquello.

Aunque usar un halcón y un chacal era algo que atraería la atención sobre las actividades comerciales de ambos, también es cierto que serviría de toque de atención para cualquiera que se atreviera a robarle de nuevo.

Sin embargo, en todo aquel caso había demasiadas piezas que no encajaban todavía. Tanto la identidad del primer torso, el desconocido, como la desidia que demostró Swanson ante la muerte de Nichols, le inquietaban. Además, necesitaba encontrar al comprador de los objetos si es que quería poder acusar a Morris de algo, y no tenía ni la más remota idea de cómo hallarlo.

—Por cierto, Aswad se reunirá mañana con nosotros. —Ante la cara de estupefacción de Clerkton, Orson aclaró su frase—: El experto egipcio que me pidió localizar.

Clerkton evitó responder que, realmente, él no tenía un interés especial en hablar con el susodicho; a fin de cuentas, sus propias averiguaciones ya le habían conducido hasta el motivo probable de los crímenes. Movió la cabeza con resignación.

—Está bien, mañana le recibiré —dijo, y añadió—: Bien hecho, agente.

Con una sonrisa, Orson se retiró de su vista. El inspector se acercó a la ventana que tenía más cerca y contempló la ciudad. Mientras observaba el frenético andar de la gente, pensó en cuántos de ellos podrían estar guardando algún secreto terrible. Un pecado del que ni amigos ni familia fuesen conscientes. Tal vez, se planteó, aquel hombre elegante que estaba cruzando la calle, con su traje distinguido y un bastón que seguramente costaba la mitad de lo que el inspector cobraba al mes, se dirigía a un oscuro tugurio dispuesto a emprender el viaje onírico que propiciaba el opio.

En ese instante se le ocurrió. No sabía dónde encontrar al comprador, pero tal vez en el fumadero al que asistiera el difunto pudieran darle algo de información al respecto. De todos los que conocía en la ciudad, no había más que un par lo bastante lujosos como para requerir que Nichols necesitara realizar trapicheos para pagar sus servicios.

Desde luego, tampoco iba a dejar que Morris se moviera con libertad, mientras tanto.

—¡Steward! —Gritó sin fijarse si en realidad el sargento se hallaba cerca. En apenas unos segundos, el hombre se encontraba frente al inspector—. Necesito que mantenga vigilado a Bernard Morris, de Morris & Harris. Con la máxima discreción.

El veterano sargento asintió, sin estar muy seguro si se trataba de controlar a un sospechoso o de proteger a un testigo. Clerkton tampoco quiso explicarle nada, a pesar de darse cuenta de las dudas de Steward. Cuanto menos se supiera sobre ese asunto, mejor; al menos hasta que tuviese algo sólido que usar contra Morris.

EL FUMADERO

Tal vez fue el nombre, Desert Flower, lo que hizo que el inspector decidiera, esa misma noche, visitar aquel tugurio el primero. Cuando entró, el aspecto interior le recordó a su reciente visita al Triple Star, quitando el olor dulzón que reinaba en el ambiente y, por supuesto, las mujeres que pululaban por el lugar, con unos atuendos que llegarían a avergonzar a las meretrices del East End, o por lo menos eso le vino a la cabeza.

Un hombre bajo, de rasgos orientales y tez morena, se acercó hasta donde se encontraba.

—¿Puedo ayudarle, señor? —dijo con un tono de voz suave y meloso, mientras señalaba hacia uno de los pequeños cubículos libres.

—En realidad —comenzó a decir Clerkton—, creo que sí. He quedado con un viejo amigo, tal vez usted lo conozca.

La respuesta fue una cara de curiosidad y expectación. Quizá también de cautela.

—Nichols. Rupert Nichols —pensando en que, si en efecto era aquel el local que frecuentaba, su prolongada ausencia podría haber resultado sospechosa, dio más explicaciones al respecto—. Hoy volvía de uno de sus viajes, y me sugirió vernos aquí.

El oriental pareció relajarse tras esas palabras, aunque Clerkton notó cierta dubitación a la hora de contestar.

—Sí… El señor Nichols hace tiempo que no pasa por aquí. —Miró de reojo hacia una puerta cerrada, al fondo. Hizo una pausa y después continuó—. *Fursa sa'ida.*

El inspector dio un involuntario paso hacia atrás al escuchar aquellas incomprensibles palabras, que por el tono bien podían tratarse de alguna clase de saludo. El porqué de usar ese idioma —que sonaba a árabe—, en aquel momento, era lo que le preocupaba.

—Lo siento. Yo… no…

—Discúlpeme, por favor —dijo con rapidez el otro—. Pensé que tal vez era usted colaborador del señor Nichols. ¿Dice que ha quedado aquí con él?

Clerkton asintió, aunque en aquel momento lo que hubiese deseado es tener a tres o cuatro agentes junto a él y abrir la puerta que el oriental había mirado segundos antes. Se maldijo por no haber tomado la decisión de hacer una redada, en lugar de intentar averiguar algo por su cuenta.

—Muy bien. En ese caso, acompáñeme.

Se giró y comenzó a caminar hacia uno de los laterales del local, muy alejado de la puerta que Clerkton se había fijado ahora como objetivo. Quizá no habría nada relevante detrás y, al fin y al cabo, lo que venía a hacer era recabar información sobre el interfecto e intentar descubrir tanto a su comprador como a su asesino. Sin embargo, la corta frase en árabe —cada vez estaba más convencido de que se trataba de ese idioma— podía dar un enfoque diferente al caso. ¿Quizá Nichols intercambiaba directamente reliquias por opio?

Aún más importante y urgente era saber el motivo para que el oriental usara ese idioma con él. ¿Esperaba encontrarse con un nuevo vendedor? Y, en ese caso, ¿se estaba dirigiendo ahora mismo a una trampa?

El inspector iba dándole vueltas a todo aquello sin dejar de caminar detrás de su guía, para no levantar sospechas. Cuando llegaron junto a un cubículo, ambos se detuvieron.

—Túmbese, por favor —dijo—. Estoy seguro de que el señor Nichols no tardará.

Lo hizo, y una atractiva joven —demasiado joven, tal vez— le acercó una pipa de la que salía un pequeño hilo de humo. No había sido capaz de detectar seguridad en aquel establecimiento, pero sin lugar a dudas contaría con al menos dos o tres matones. Su única opción, por el momento, era obedecer la velada orden del oriental.

ADVERTENCIAS

No podía recordar el momento en el que su consciencia se había desvanecido, aunque resultó sencillo darse cuenta de cuándo regresaba; el frío y empedrado suelo ayudó a ello.

Era incapaz de enfocar los rostros de las al menos tres personas que estaban de pie junto a él, ni tampoco podía entender todo lo que decían. Palabras como «entrometido», «desgraciado» y lindezas así llegaban hasta sus oídos, mientras sentía —cada vez más— cómo las botas de los desconocidos chocaban contra su estómago y su espalda.

«Estabas advertido», le pareció escuchar antes de recibir una patada en la cabeza y volver a abrazar la oscuridad, quizá para siempre.

Por suerte, no fue así; la incipiente luz del alba le despertó, magullado pero con vida. El brazo izquierdo le dolía horrores, aunque fue capaz de moverlo. Aquella paliza, a pesar de lo brutal, no parecía buscar causarle daños permanentes, sino tan solo hacerle abandonar sus pesquisas.

Ordenar una redada en el Desert Flower resultaba ya absurdo, pues seguramente el local estaría vacío, sin rastro alguno de sus actividades previas. Tampoco encontraría al oriental allí. La verdad es que dejar de lado aquella investigación se planteaba como una opción bastante plausible.

No lo iba a hacer, claro. Quien ordenara la agresión iba a pagarlo caro. Si el sargento Steward situaba a Morris en las inmediaciones del fumadero, o hablando con truhanes conocidos —ya que atacar a un agente de la ley no era una acción que un novato realizaría—, él mismo se encargaría de ponerle las esposas.

Aunque realmente el inspector dudaba de que Morris se atreviese a ordenar el asalto, por no hablar de que era imposible que supiera de su visita al fumadero. Lo más seguro era que el oriental avisara a alguien, y esa persona debió de ser quien le atacase.

Sin embargo, el hecho de seguir con vida no parecía tener sentido. Si alguien relacionado directamente con los crímenes se hubiera percatado de sus pesquisas, sin lugar a dudas ya no se encontraría en el mundo de los vivos.

Aquello resultaba tranquilizador e inquietante a partes iguales, ya que no solo debía enfrentarse a un asesino o asesinos sin escrúpulos, sino que parecía que otro jugador estaba también situado en ese extraño tablero por el que se movía.

Sin mucho ánimo, se dirigió hacia su casa para asearse y cambiarse de ropa antes de pasar por la comisaría.

DOLORIDO

—¿Inspector?

Orson fue el primero en dirigirse a él, esa misma mañana, a pesar de que los rasguños y moratones en su cara no pudieron pasar desapercibidos por el resto de agentes presentes.

—No pregunte, hijo —respondió Clerkton, moviendo una mano de forma desenfadada. Luego se puso a observar a su alrededor.

Steward no se encontraba presente. Sintió un escalofrío, aunque se esforzó al máximo para no mostrar ninguna reacción ante los presentes. Iba a preguntar por él cuando Orson volvió a hablar.

—Señor, mi… contacto, el experto, le está esperando en un café cercano.

—¿Y no podía haber venido aquí? —preguntó, molesto por tener que desplazarse, ya que todo el cuerpo le dolía horrores. Enseguida se arrepintió de preguntarlo; cuanto más discreto resultara todo, dadas las circunstancias, mejor—. Muy bien, agente. Deme unos minutos y salimos.

Clerkton se dirigió a su mesa, se sentó e hizo ademán de colocar algunos papeles, mientras su mente divagaba por otros derroteros. Concretamente, por África.

El conflicto en las colonias de Mozambique y de Zimbabue acaparaba buena parte de la información internacional en los periódicos locales y, aunque el inspector tomó nota mental de ello, no creyó que pudiera estar relacionado lo más mínimo con su actual investigación. No parecía que ninguna noticia actual tuviese puesto el foco en el protectorado, más allá de algún que otro esporádico descubrimiento de artefactos antiguos.

Claro que, por otra parte, la prensa tampoco se había hecho eco de los recientes incidentes con animales originarios del continente africano. Algo que era llamativo, ya que la información que circulaba por los edificios oficiales no solía tardar en mostrarse, misteriosamente, en las portadas de panfletos como el East London Observer o el North London Press.

Por fin, volvió a ponerse en pie y con un gesto llamó al agente Orson. Quizá la conversación con aquel experto despejase alguna de sus dudas. O puede que de ella surgieran más.

EL EXPERTO

Según Orson le dijo la mesa en la que se encontraba sentada la persona a la que iban a ver, Clerkton le indicó que esperase allí, al menos hasta tener un primer contacto con aquel individuo a solas.

—Inspector Clerkton, de la Policía Metropolitana. —El inspector soltó aquellas palabras en cuanto se encontró frente al hombre— ¿Es usted Oswald?

—Aswad —le corrigió el individuo—. Aswad Salah. Es un placer conocerle, inspector.

Clerkton no pudo ocultar la sorpresa en su rostro. El experto egipcio resultaba ser autóctono de dicha zona, a tenor de su nombre, aunque tanto su físico como sus modales eran indistinguibles de los de cualquier caballero inglés de clase media. Aswad sonrió ante el obvio desconcierto del policía.

—Verá, inspector Clerkton, mi madre es británica y he vivido casi toda la vida en Londres. Pero, por favor, siéntese y hablemos.

Clerkton llamó a Orson y ambos se acomodaron frente a Aswad, que esperó a que los dos estuviesen sentados antes de seguir hablando.

—William, el agente Orson, me ha contado muy poco acerca de para qué necesitan en concreto mis servicios.

El inspector se encontró ante el dilema de si limitar al mínimo la información que iba a darle al egipcio o si, por el contrario, un acercamiento más detallado podría ser lo adecuado. Optó por lo segundo.

—Señor, no sé si lo sabe, pero recientemente han ocurrido en Londres algunos crímenes que parecen guardar relación con su país. —Tomó aire antes de continuar, mientras decidía el punto de partida de la historia—. Un matrimonio acomodado, ambos con intereses comerciales en Egipto, han sido asesinados.

Antes de que Aswad replicara, Clerkton siguió hablando.

—Además de la relación mercantil con su tierra, se da la circunstancia de que el marido fue atacado por un chacal dorado. A su mujer, la primera víctima, le extrajeron uno de sus ojos. Ojo que, posteriormente, se encontró en el pico de un halcón africano muerto.

Nada más terminar de narrarlo, Clerkton se planteó si aquella reunión podía tener no solo utilidad, sino siquiera sentido. La respuesta de Aswad demostró que sí.

—¿Al marido también le faltaba alguna parte?

Clerkton se giró hacia Orson, pensando en si el agente pudo darle esa información que él mismo tardó en descubrir, pero la expresión del joven era también de sorpresa ante la pregunta.

—¿Por qué lo pregunta?

—No se altere, inspector. —Aswad levantó un poco las manos de la mesa—. En la cultura egipcia antigua hay rituales que se asemejan a lo que me ha contado, y suelen incluir amputaciones y seccionamientos.

—¡Menuda cultura! —exclamó Clerkton, percatándose al momento de que podía haber ofendido a su interlocutor. No pareció ser el caso.

—Ydyat, el Ojo de Horus, representa el orden. Y el propio Horus suele representarse como un halcón.

—¿Me está diciendo que una especie de secta egipcia podría estar detrás de esos crímenes? —Clerkton se detuvo a pensar— ¿Y qué me dice de los desmembramientos?

—Cuantos más detalles me cuente, más podré ayudarle. ¿Desmembramientos, dice usted?

—A esa mujer la decapitaron y luego la desmembraron —dijo Orson, ante la incrédula mirada de su superior, que aún no había decidido si revelar todo aquello—. Y no fue el primer caso: hará un año, otro cuerpo sin identificar apareció en similares circunstancias.

—¡Agente Orson! —gritó Clerkton, haciendo que los pocos clientes del establecimiento se voltearan hacia su mesa, lo que provocó que moderase la voz antes de seguir—. Esa información es, cuanto menos, confidencial.

—Señor, creo que cuanto más contemos, más datos podremos obtener.

No pudo poner objeciones a aquello, lo que no hizo que le resultara menos molesta la actitud de su subordinado.

—El agente Orson tiene razón —admitió Clerkton—. Y en cuanto al marido fallecido, su miembro fue amputado. ¿Le sirve de algo saber todo esto?

Aswad dedicó unos segundos a pensar en todo lo que había escuchado de los dos policías antes de responder.

—Tendría que investigar sobre si las decapitaciones y los desmembramientos pueden formar parte de algún ritual. Respecto a lo último que acaba de contarme, el dios Inpu, también conocido como Anubis, es representado con cabeza de chacal. Aunque muchos creen que era la deidad de la muerte, en realidad se encargaba de conservar los cuerpos de los difuntos. Y su relación también con la fertilidad me hacen suponer que esa amputación no fue casual.

No cabía duda, tras estos datos, de que alguna secta de perturbados estaba realizando rituales egipcios en Londres. Todo indicaba eso.

Sin embargo, aún había demasiados cabos sueltos. ¿Por qué Swanson consideraba necesario ocultar los detalles del crimen del chacal? Sí, podría deberse tan solo a precaución, para que el miedo no volviera a propagarse por las calles tras lo ocurrido con el Destripador. Tendría sentido.

Pero Clerkton intuía que la razón no iba a ser tan obvia.

Frederick Abberline

TRAICIONES

Cuando regresó a la comisaría el sargento Steward ya se encontraba allí, pero Clerkton necesitaba aclarar las ideas antes de hablar con él, así que se dirigió a su mesa y se sentó. El curso de acción más lógico hubiera sido hablar con Swanson, pero no le pareció que de momento fuera una buena idea, al menos hasta que descubriera más cosas. Ahora sabía que al menos las dos últimas muertes guardaban relación con Egipto, de una forma u otra, y también que además de joyas y perfumes, los Nichols comerciaban con estatuillas.

Algo que Bernard Morris no había mencionado en su encuentro, por otra parte.

Y había otro asunto que quedaba pendiente: el primer cuerpo, el encontrado en los sótanos de la División A. Solo le vino a la cabeza el nombre de una persona que pudiera tener algo de información sobre ese caso, dado que se produjo durante los crímenes del Destripador: el inspector jefe Frederick Abberline.

—Agente Orson —dijo, mientras gesticulaba, haciendo un ademán que indicaba al otro que se acercara—, haga el favor de investigar dónde se encuentra actualmente el inspector jefe Abberline.

Lo último que sabía de él era que seguía en la central de Scotland Yard, pero conociendo el carácter impetuoso de su antiguo compañero y posterior superior, era probable que su actual destino fuese distinto.

Así pues, Swanson, Abberline y Morris eran de momento los hilos de los que podía tirar, aunque usando todo el tacto posible, hasta que el egipcio descubriera nuevos datos, si es que era capaz de hacerlo. Quedaba también por saber quiénes eran los responsables de su ataque en el Desert Flower, aunque de lo único que estaba seguro era de que no se trataba de egipcios, pues no detecto ningún acento foráneo en las palabras que le dedicaron. Además, si sus atacantes fueran los responsables de las muertes de los Nichols, lo más probable es que él no hubiera salido con vida de aquel encuentro.

Se levantó de su mesa y se dirigió hasta el sargento Steward, que se encontraba de pie, dudando entre acercarse a hablar con él o quedarse esperando, lo que finalmente hizo hasta que Clerkton tomó la iniciativa.

—Dígame, sargento —comenzó a decir el inspector—, ¿cómo transcurrió el encargo que le hice?

Esperaba escucharle decir que Morris había estado en las inmediaciones del fumadero.

—Bueno, señor, la verdad es que no tengo mucho que contar —admitió Steward—. Durante toda la semana, la rutina de Morris fue estar en su oficina hasta altas horas de la noche y luego dirigirse a su casa sin realizar ninguna parada.

A Clerkton le resultó decepcionante, aunque previsible. Quizá el empresario no fuera consciente de los negocios paralelos de los Nichols y le dijera toda la verdad cuando hablaron.

—Lo único que me llamó la atención fue que hace un par de días, a media tarde, el inspector jefe Swanson pasó por su empresa.

—¿Cómo ha dicho?

—Sí, bueno, supuse que también querría hacerle algunas preguntas.

El camino que le había llevado hasta Bernard Morris había pasado por descubrir tanto las identidades de ambos fallecidos como sus actividades comerciales. Las razones por las que Swanson fue a ver a Morris, y de eso Clerkton estaba convencido, eran diferentes.

Ya era un caso complicado, pero según pasaba el tiempo se complicaba mucho más. Solo se le ocurrió una opción, que podría suponer poner tanto su carrera como su vida en juego.

—Sargento —le dijo, acercándose lo suficiente como para que nadie más pudiera escuchar sus palabras—, necesito que realice otra tarea para mí; una que puede resultarle un tanto incómoda.

Steward le miró, haciendo un pequeño gesto con la cabeza que indicaba su predisposición a aceptar las órdenes de su superior, fueran estas las que fueran.

—La próxima semana siga a Swanson y hágame un informe confidencial de todas sus actividades fuera de la comisaría.

El sargento no se esperaba aquello, estaba claro, pero no dudó en confirmar que realizaría la tarea.

A pesar de la hora, Clerkton decidió abandonar el lugar y dirigirse a su casa. Necesitaba descansar y terminar de recuperarse antes de afrontar una semana que, de seguro, no sería aburrida.

LUNES

Tras un muy necesario descanso, el inspector Clerkton regresó el siguiente lunes a la comisaría. Su determinación por esclarecer el caso, lejos de haber disminuido, se reforzó mientras su cuerpo se terminaba de recuperar de la traicionera paliza.

Comprobó que tanto Steward como Orson no habían llegado aún, así que dispondría de algo de tiempo por delante para ordenar tanto sus ideas como los papeles que, poco a poco, se iban amontonando sobre su mesa mientras él se centraba sobre todo en el misterioso caso. Casi no tuvo tiempo de hacer nada antes de que una presencia se plantara ante su mesa. Levantó la mirada.

Se trataba del sargento Steward, uniformado y listo para empezar a cumplir con el cometido que el inspector le había encomendado.

—Buenos días, inspector —comenzó diciendo—. ¿Algún detalle más antes de que me ponga con… ese asunto?

Clerkton comprobó que no había nadie lo bastante cerca de ellos como para escuchar, aunque fuera levemente, la conversación, si es que ambos moderaban el tono.

—Sargento, lo primero, decirle que lamento tener que ponerle en este compromiso.

Steward negó con la cabeza, aunque era probable que supiera, como lo hacía Clerkton, que su carrera podía tener un abrupto final tras esa misión.

—Bien. Yo voy a redactar un informe en que le asignaré un caso sin detallar que le tendrá ocupado fuera de aquí durante los próximos días. Mientras, usted vaya a su casa, póngase una ropa informal, que no sea llamativa, y después sitúese en los alrededores de la comisaría. Cuando Swanson la abandone, sígale a una distancia prudencial. La próxima semana me informará de sus descubrimientos.

—Mi esposa se sorprenderá de verme por allí a estas horas —replicó, con cierta sorna—. ¿Puedo preguntarle algo? ¿Qué espera qué descubra?

No era de extrañar que el sargento quisiera explicaciones sobre el motivo de su petición, pero compartir demasiada información podría llegar a ser peligroso para los dos.

—En principio, me interesan sus encuentros fuera de la comisaría. —Pensó unos instantes antes de seguir hablando…—. Y, si visita alguna clase de tugurio, saber dónde está y con quién habla. Siempre que eso no le ponga en peligro a usted, sargento —añadió.

Apenas el sargento Steward abandonaba el lugar, otra persona hizo acto de presencia. Al parecer, Orson no solo había localizado a Abberline, sino que debió de darle la suficiente información como para que el inspector jefe decidiera realizar una visita a la División H antes de ir a Scotland Yard.

Aún no había mucho movimiento en la comisaría y, salvo el inspector, no pareció que ninguno de los presentes reconociera al recién llegado. Pero eso podía cambiar en cuestión de minutos.

Clerkton se puso en pie con rapidez e interceptó a Abberline mientras este se dirigía hacia su mesa, tomando la decisión de ser el primero en hablar.

—Conozco un sitio donde podremos hablar de forma más privada —fue el inesperado saludo de Clerkton, a la vez que pensaba en el discreto café donde se encontró con el egipcio.

A pesar de poner cara de asombro, Abberline se limitó a asentir, para luego seguir al inspector y salir del lugar rumbo a un destino que aún desconocía.

RELACIONES

—Discúlpeme por mi actitud —dijo Clerkton cuando ya se habían acomodado en una discreta mesa del lugar —, pero mis últimos descubrimientos sugieren que la comisaría podría no ser un sitio muy adecuado para hablar del asunto.

—No se disculpe, Piers —respondió, sin aparentar haberle dado importancia al suceso—. Pero, dígame, ¿sabe algo nuevo sobre el torso que se halló en Whitehall?

Esa era precisamente la primera pregunta que Clerkton pensaba hacer, lo que resultó decepcionante.

—No sé cuánta información le habrá dado el agente Orson. —No esperó a recibir respuesta antes de seguir—. Han ocurrido dos crímenes que parecen guardar relación con ese cuerpo.

—¿Relación, dice usted?

En realidad, tan solo una charla de taberna y el desmembramiento de la señora Nichols eran los elementos que hacían que ambos crímenes guardaran semejanzas.

—El año pasado, en septiembre, apareció el cuerpo mutilado de una mujer en Whitechapel. Aún no se ha podido descubrir mucho sobre esa carnicería, salvo que se trataba de una mujer de clase acomodada.

Abberline se frotó la mejilla izquierda con la mano derecha, en un gesto que Clerkton había visto en innumerables ocasiones cuando trabajaban juntos en el caso del Destripador, y que siempre precedía a una pregunta incisiva.

Aquella no iba a ser la excepción.

—Según le he entendido, se habían producido dos crímenes. ¿Cuál ha sido el otro? ¿También se trataba de un cadáver mutilado?

Clerkton tragó saliva.

—Era un hombre. En concreto, el marido de la primera víctima. Su muerte se debió al ataque mortal de un chacal.

Abberline mostraba un interés que Clerkton no había visto en demasiadas ocasiones. El inspector jefe esperó a que el inoportuno camarero que hizo su aparición se marchase antes de dar su réplica.

—Piers, tiene todo mi interés. Pero, por Dios, deje de darme los datos gota a gota y póngame al corriente de sus pesquisas.

Así lo hizo, comenzando por las mutilaciones y toda la relación que había descubierto sobre Egipto en los crímenes, siguiendo después con la paliza que él mismo recibió tras visitar el fumadero de opio. Por último, terminó con sus recientes descubrimientos, si bien no eran muchos, sobre Swanson.

Abberline escuchó toda la historia con atención y sin interrumpir en ningún momento. Tampoco su rostro demostró incredulidad o duda ante la, en ocasiones esperpéntica, explicación. Fue ya cuando el inspector acabó de hablar que él decidió tomar la palabra.

—Peculiar y peligroso caso en el que anda usted metido, la verdad. Sin embargo, lamento decirle que no parece guardar ninguna similitud, además de lo evidente, con el torso de Whitehall.

La revelación de Abberline, aunque esperada, fue como un puñetazo en el estómago para Clerkton.

—Bueno —añadió Abberline—, excepto que Don Swanson fue quien se encargó de investigar si ese crimen podía estar relacionado con los del Destripador.

A pesar de que había soltado aquella frase como si no tuviese importancia, ambos sabían que no era así. Con todo, el inspector no quiso analizar en profundidad las palabras de su interlocutor y optó por conducir la conversación por otro camino.

—Entonces, ¿usted ni siquiera llegó a ver ese cuerpo?

—He de admitir que solo cuando se encontró. Leí el informe de la autopsia y dejé todo en manos de Swanson.

—¿La autopsia no contenía ninguna referencia a Egipto? —insistió Clerkton. Abberline movió la cabeza en señal de negación.

—Siento decirle que si aquel crimen fue obra de una secta, desde luego no era egipcia.

—¿Qué quiere decir?

—A la pobre desgraciada la habían marcado, como a una res, con una cruz en el costado.

No parecía que ese dato fuese importante ni que estuviera relacionado con los crímenes posteriores. De hecho, Clerkton no le habría dado mayor importancia de no ser porque durante sus propias pesquisas nunca había leído ese dato. Alguien, puede que Swanson, no debía querer que esa información se conociera.

O quizá ya veía conspiraciones en todas partes; resultaba difícil discernir la línea entre las sospechas y los hechos o, por lo menos, a él cada vez le costaba más hacerlo.

—Me temo que debo dejarle. Mi actual investigación está siendo más compleja de lo que yo mismo preveía —dijo Abberline antes de levantarse. Le puso una mano sobre el hombro a modo de despedida y abandonó el café sin decir una palabra más.

El inspector Clerkton tardó más en salir de allí, absorto como estaba en sus pensamientos. No parecía que los tres cuerpos tuvieran algo en común, pero por una parte tanto la desconocida de Whitehall como la señora Nichols fueron desmembradas; por otra, Swanson había intervenido en el caso de Whitehall y en el de Rupert Nichols. La relación entre la señora y el señor Nichols era obvia, incluso sin incluir la simbología egipcia.

Demasiadas coincidencias como para que el inspector decidiera que se trataba de puro azar.

ESPERANDO

Ni ese día ni el siguiente Clerkton recibió noticias acerca de Steward y de la misión que le había encomendado. Orson tampoco le habló del egipcio, por lo que supuso que no había realizado ningún nuevo avance.

Sin embargo, un día después recibió, a través de un mensajero, una desconcertante nota.

Fursa Saida. Ana Alasad. S.

Recordó que esas primeras extrañas palabras ya las había escuchado en boca del oriental, en el Desert Flower. La "S" sugería que podría tratarse de un mensaje del sargento Steward.

Aquello le provocó un escalofrío. Si Steward había oído eso, lo más seguro era que se encontrase en un lugar similar al que él mismo había visitado, con graves consecuencias. Debía contactar con el sargento de inmediato y apartarlo de ese peligroso camino.

Pero, aunque ese fuera su primer pensamiento, quedó rápidamente eclipsado por la segunda frase. ¿Tal vez se trataba de una clave? ¿Quizá la respuesta que debía haber dado aquella noche para no acabar recibiendo una paliza?

—¡Orson! —exclamó, haciendo que la mayoría de agentes se girasen hacia su mesa. Bajó la voz cuando vio que el agente objeto de su llamada le observaba también—. Venga aquí, por favor.

Cuando Orson llegó a su lado, el resto de presentes ya habían regresado a sus quehaceres y no parecían estar atentos a la conversación que Clerkton iba a tener.

—¿Sabe algo nuevo de su amigo egipcio? —preguntó en voz baja.

—No, señor, lo siento. Assad no ha vuelto a contactar conmigo tras nuestro encuentro.

—Entonces hágalo usted. Concierte una cita para mañana. Misma hora y mismo lugar que la última vez.

Tanto la cruz en el costado de la víctima de Whitehall como las extrañas palabras que había recibido eran temas que quería hablar con él. No resultaba muy ético compartir los detalles de una investigación en activo con alguien ajeno al cuerpo, pero dada la más que probable implicación de Swanson, y puede que de otros altos mandos de la policía, sus opciones se habían reducido de forma considerable.

En cuanto a Steward, después de todo era un policía veterano; no era probable que se expusiera durante sus pesquisas. Mañana ya hablaría con él.

Poco podía imaginar que el sargento, al acabar el día, sería una nueva víctima con la cabeza, las piernas y los brazos seccionados.

RESPUESTA

—Inspector —dijo Aswad al verle entrar, esta vez a solas, haciéndole una sutil reverencia.

—Señor Aswad, imagino que no ha descubierto nueva información respecto a nuestro… tema.

—Lo cierto es que sí —respondió, tomando por sorpresa a Clerkton—, aunque no la suficiente como para organizar un nuevo encuentro.

—Déjeme a mí decidir eso —replicó con brusquedad.

Aswad, que hasta ese momento tenía una expresión afable, cambió su semblante, motivado sin duda por el tono inquisitorial del inspector. Aun así, su voz no denotó esa nueva actitud cuando prosiguió.

—Hay un pequeño grupo, tal vez podría considerarse una secta, que marca a sus enemigos con ciertos símbolos que representan antiguas deidades egipcias. No sé aún su nombre, y ni siquiera he encontrado evidencias de que hayan actuado fuera de Egipto.

Aunque a Clerkton sí que le pareció una información relevante, tal como el egipcio había dicho era inútil por el momento.

—Interesante —dijo, más por remarcar la importancia de conocer todos los datos posibles que por un interés real.

—Como le digo, eso es todo lo que he descubierto, me temo. Si solo ha venido por…

Clerkton le interrumpió.

—¿Le dice algo la expresión «fursa saida»?

—¿Fursa sáida? Es un saludo árabe, muy usado en Egipto. —Antes de que el inspector prosiguiera, le dio una información inesperada—. Se suele responder con «ana al'asad».

Incluso si, a esas alturas, Clerkton aún creyese en las coincidencias, aquello no podía tratarse de una. Un saludo y una respuesta, que él no supo dar en el fumadero. Seguramente Aswad esperaba algún tipo de explicación sobre la pregunta, pero Clerkton tenía otra duda en mente.

—Y ¿qué me dice de una cruz? ¿Puede tener relevancia para su gente?

—¿Una cruz cristiana? —Se llevó una mano a la barbilla y levantó la mirada hacia el techo, como si esperase que la respuesta apareciese del cielo. Así debía de ser, porque no tardó en continuar—: según creo, el origen de la cruz cristiana proviene de un símbolo anterior, el *ankh* egipcio. Representa la vida.

—¡Tonterías! —exclamó Clerkton, indignado—. ¿Me está diciendo que la cruz no es la representación de la crucifixión?

—Lo único que puedo asegurarle es que la cruz no fue el símbolo original del cristianismo, sino el pez. —La cara de Clerkton mostraba una inusual confusión, esperando quizá una explicación que no llegó—. En cualquier caso, ha sido usted quien ha preguntado sobre la relación entre la cruz y Egipto, si no lo he entendido mal. No soy responsable de que la respuesta no se adapte a sus gustos.

La tensión, tras las palabras que Clerkton interpretó como desafiantes, era palpable en el ambiente. Sabía que en buena parte él era responsable de aquello. Tragó saliva y se dispuso a dar réplica a Aswad, aunque este se adelantó.

—No quería ofenderlo, inspector. Discúlpeme.

La sinceridad que trasmitía su frase no fue obviada por su interlocutor.

—Intentaré encontrar más datos sobre esa secta —siguió diciendo—, pero reunirnos antes no creo que sea buena idea. Avisaré a William cuando llegue el momento.

A pesar de que Aswad hablaba de manera más calmada, Clerkton aún notó cierto desdén en su voz.

O, tal vez, solo era miedo.

Hallazgo

Pasaron dos días desde el encuentro que el inspector tuvo con Aswad antes de que lograra descubrir el paradero del sargento Steward, y fue gracias a una breve nota de un viejo conocido.

Estaba en la morgue.

Cuando llegó, por suerte, no se encontró con el cuerpo de su subordinado, que tal vez estaba reposando en una sala distinta a en la que se hallaba el doctor Bond.

—Creo que era uno de sus agentes, inspector —fue lo primero que dijo el forense—. Lo lamento.

Clerkton lo lamentaba aún más, dado que el fatal destino de Steward estaba sin duda relacionado con las órdenes que él mismo le dio. Si Swanson tenía algo que ver, lo pagaría caro.

—Diría que el sargento Steward se acercó demasiado a la verdad —siguió diciendo, mientras Clerkton reprimía una expresión de sorpresa, dudando sobre a qué se refería o cuánto podía saber—. Verá, su estado es muy similar al de la señora Nichols, así que lo más lógico es que estuviera investigando ese caso. Por eso me he puesto en contacto con usted.

Aquella inesperada revelación hizo que el inspector abriera la boca de forma exagerada, o eso creyó, así que apretó exageradamente los labios para, poco después, ponerse a hablar con Bond.

—¿Quiere decir que ha sido... mutilado?

—Brazos, piernas y cabeza —respondió, como si estuviese recitando un menú—. También hay laceraciones junto a sus ojos, aunque no le falta ninguno.

Tenía sentido que su asesino o asesinos formasen parte de la misteriosa secta egipcia de la que Aswad le había hablado; sin embargo, algo no cuadraba. Lo notaba en sus tripas.

—¿Ya ha realizado la autopsia?

—Solo un breve reconocimiento, pero la haré en breve. Supongo que no querrá quedarse a observar.

La ligera sonrisa burlona de Bond le pareció una falta de respeto, más hacia el veterano sargento que hacia él, digna de una respuesta física. Se contuvo de realizarla.

—Tan solo le rogaría que fuese lo más exhaustivo posible. En especial, busque cualquier tipo de simbología en su cuerpo.

—Inspector, siempre trabajo de manera exhaustiva.

A pesar de la prepotencia de la respuesta, Clerkton sabía que por el bien de la investigación lo mejor era dejar pasar las palabras del forense. Lo principal era poder llegar a dilucidar las circunstancias del fallecimiento de Steward y poder hacer justicia con su agresor y, para ello, debía dejar que Bond trabajara sin ninguna distracción.

—Muy bien. Mañana me pasaré por aquí y…

Bond levantó un brazo con la palma abierta.

—Mañana descanso, inspector, y mi descanso es sagrado. Si tanto le urge, venga esta misma noche.

Clerkton pensó que el doctor volvía a ser tan desagradable como siempre, tras haber creído que habían congeniado tras sus pasadas conversaciones. Por otra parte, aquello era irrelevante en esos momentos.

—Esta noche —sentenció el inspector—. Y no le dé información a nadie que no sea yo.

Se giró hacia la puerta sin esperar a ver la reacción del otro, que seguramente solo hubiera servido para enojarle todavía más.

Antes de regresar esa noche a la morgue le quedaba la desagradable tarea de comunicar a la viuda del sargento lo ocurrido. Por desgracia, ni siquiera iba a poder detallar lo que llevó al agente a su prematura muerte, así que le pareció más adecuado enviar a un agente a realizar esa ingrata tarea, prometiéndose a sí mismo visitar a la mujer cuando tuviera algo más que poder contar.

INFORMACIÓN CLASIFICADA

Cuando entró de nuevo en el frío cuarto, lo último que esperaba era encontrarse al doctor junto al cuerpo desnudo y desmembrado de Steward.

—¡Santo cielo, doctor! —exclamó tapándose la nariz e intentado sin éxito dejar de oler la peste que se había adueñado del lugar.

—No le esperaba hasta más tarde —se limitó a decir Bond—. De todas formas, le interesará lo que he descubierto.

Clerkton, dudando, se acercó hasta él y hasta el cadáver, evitando centrar la mirada en los dispersos restos mortales del sargento.

—¿Ha visto algún símbolo?

—No —admitió—, y tampoco me sorprende. Durante el caso del Destripador hice autopsias a víctimas que resultaron no serlo de él, sino de algún imitador. Sin lugar a dudas, quien hiciera esto pretendía ocultar su crimen bajo el manto del de la señora Nichols.

—No le comprendo.

—Pues es bastante obvio —replicó en tono burlón—. El asesino accedió al informe de la autopsia de la mujer e intentó realizar una copia exacta de ese crimen. Sin embargo, hay varios detalles que dejan patente que la autoría no fue la misma.

—¿Qué clase de detalles?

—No quiero aburrirle con temas que, seguramente, no llegaría a entender bien, pero hay tres datos que respaldan mis conclusiones: el arma usada, la ausencia de contusiones y, en último lugar, que las heridas en los ojos se hicieron *post mortem*, después del fallecimiento, y no con la intención de extraer uno o los dos ojos. Una elaborada puesta en escena tan falsa como una vulgar obra de teatro.

Que alguien hubiera hecho todo aquello para desviar la atención ya era algo que inquietaba a Clerkton, aunque había algo que encontró aún más perturbador y que no tardó en verbalizar.

—¿Quiere usted decir que accedieron a su informe de la autopsia de la señora Nichols?

Bond se quedó blanco tras escuchar esa pregunta, en la que aparentemente él no había reparado. Con paso lento, fue hacia su mesa y sacó la ya habitual botella, a la que dio un generoso trago antes de contestar.

—Me gustaría poder decirle que no, pero todos los indicios indican lo contrario. Así debió de ser.

Así pues, como Clerkton imaginó en un principio, el crimen apuntaba a la propia Policía Metropolitana. O lo que era lo mismo, en dirección a su antiguo amigo y compañero. Don Swanson.

—Doctor, permítame recomendarle que en el informe oficial no indique todo lo que me ha contado.

Fuera o no Swanson el responsable, no quedaban dudas de que alguien poderoso pretendía ocultar su crimen y que esa persona tendría acceso al informe. Eso supondría no solo un peligro para Bond, sino que si su propia participación en las pesquisas de Steward se desvelaba, bien podría ser él mismo el próximo cadáver al que encontraran descuartizado.

El doctor Bond, cabizbajo, asintió. Si bien no conocía tantos datos como Clerkton, no era en absoluto un hombre estúpido.

CHARADA

—Inspector Clerkton.

Apenas había llegado, la siguiente mañana, a la comisaría cuando escuchó aquello. Levantó la cabeza, reconociendo la cara del agente que acababa de nombrarlo, pero incapaz en ese momento de recordar su nombre.

—Dígame…, agente.

—Señor, el inspector jefe Swanson le estaba buscando. Quiere verle de inmediato en su despacho.

Era algo que tenía que ocurrir antes o después, aunque no esperaba que fuese tan pronto. Sin responder nada al agente que acababa de darle la notificación, Clerkton hizo un montón más o menos ordenado con los papeles que tenía desperdigados sobre la mesa y se puso en pie.

Cuando llegó a la puerta de Swanson, inspiró profundamente antes de usar los nudillos para llamar.

—Adelante.

No le sorprendió la expresión de Swanson cuando abrió la puerta y le vio. Clerkton reprimió sus emociones para intentar tener el rostro más neutro posible, a la espera de ver cuáles serían las palabras del inspector jefe.

—Lamento tener que informarle de una noticia desastrosa —comenzó a decir Swanson—. Me han notificado que Steward, uno de nuestros sargentos, ha sido hallado muerto.

Lo primero que Clerkton pensó fue en que Swanson ignoraba su conversación con el doctor Bond. Eso era una baza a su favor. Por otro lado, ¿por qué querría verle en privado para discutir ese suceso?

—¿Steward? —replicó Clerkton, intentando mostrarse confuso—. ¿Cómo ha sido?

En lugar de obtener una respuesta, Swanson parecía tener por su parte más preguntas para él.

—Según he comprobado, el sargento Steward trabajaba fuera de la comisaría, en una investigación que usted le encargó, si no me equivoco.

—Así es, en efecto —respondió, sabiendo que negar aquello no solo iba a ser inútil sino sospechoso. Luego, improvisó con lo primero que le vino a la cabeza—: le había ordenado investigar un antiguo crimen; un cuerpo que apareció en el sótano de la Policía Metropolitana, en Whitehall.

La explicación, y eso pudo verlo Clerkton con claridad, sorprendió a Swanson más de lo que pudo esconder, a pesar de intentarlo. Recordó una expresión que había leído en un libro de un tal Henry Jones, y le vino a la cabeza que el inspector jefe intentó poner cara de póker sin conseguirlo.

—¿En Whitehall, dice usted? —preguntó Swanson finalmente—. No creo que eso esté relacionado con el crimen de la señora Nichols.

No le faltó mucho a Clerkton para enumerar las similitudes entre ambos casos. No lo hizo.

—¿Qué quiere decir? —Se encogió de hombros, como si no entendiera las palabras de su superior— ¿Michelle Nichols?

Swanson apretó los dientes con tanta fuerza que, de no ser por lo dramático de la situación, hubiera producido una sonrisa en el inspector.

Sin embargo, ese juego del gato y el ratón no iba a durar para siempre. A fin de cuentas, Swanson no era un hombre estúpido, y antes o después le haría la fatídica pregunta que estaba temiendo.

—¿Por qué le mandó investigar ese caso? —dijo Swanson. Debía responder con cuidado si no quería que sus palabras le delataran.

Por unos momentos estuvo tentado de esgrimir una historia involucrando a Abberline y poniendo el foco en los crímenes del Destripador, pero aquello podía hacer más mal que bien a su idea de ocultar tanto la información de la que disponía como con qué personas había tenido contacto.

—Fue el propio sargento quien me sugirió disponer de unos días para investigar los datos de ese caso. Creo que pensaba que guardaba alguna relación con algo que había descubierto recientemente. Admito —dijo, bajando la cabeza— que no entré en detalles y cursé la orden, basado en el impecable historial de Steward. Me responsabilizo totalmente de lo que le ha pasado.

La última frase era sin duda cierta, y Swanson lo notó. Si el resto de la historia no le había resultado tan creíble, eso era algo que Clerkton ignoraba. Decidió seguir hablando.

—Yo mismo me haré cargo de la investigación sobre su muerte.

Se dio cuenta nada más terminar de decirlo que Swanson nunca había llegado a decir que el fallecimiento del sargento fuera otra cosa que un accidente. Swanson, sin embargo, pareció ignorar aquello.

—No, Clerkton. Como inspector jefe, yo mismo me encargaré.

Hubo un tenso silencio que se alargó al menos un par de minutos antes de que la conversación prosiguiera.

—Por supuesto, le mantendré al tanto de mis pesquisas, si le parece bien.

Clerkton asintió, aun sabiendo que el otro no solamente no lo haría, sino que trataría de indagar sobre los descubrimientos del sargento.

LA VIUDA

Durante el resto del día, el inspector Clerkton se dedicó a revisar todos sus casos pendientes, sin dejar de pensar en el sargento Steward y en la relación que su muerte podía tener con Swanson. ¿Habría descubierto nueva información, o tan solo fue sorprendido por el inspector jefe mientras le seguía?

Por otra parte, y eso era algo que ya había aprendido, no podía dar por supuesto que su muerte se debiera a aquello, a pesar de todos los indicios; en aquel caso, las suposiciones no siempre le habían llevado por el camino correcto.

Estuvo tentado de contarle al agente Orson tanto el asesinato del sargento como sus sospechas, pero antes de hablar con él debía hacerlo con otra persona: la viuda de Steward. No es que dispusiera de mucha información, pero consideraba adecuado mantener una conversación cara a cara con ella.

Aunque apuntó la dirección en un papel que se guardó en la chaqueta, no necesitó consultarla ni una sola vez para llegar a su casa y encontrarse frente a la puerta, dudando si llamar o no.

Lo hizo.

Clerkton nunca se había encontrado en persona con la esposa de Steward, pero tan solo viendo el rostro apesadumbrado de la mujer que abrió no le quedó duda alguna de que se trataba de ella.

—¿Qué desea?

—¿Señora Steward? Me llamo Clerkton. Piers Clerkton. Trabajaba con su marido.

La contestación de la mujer no se hizo esperar.

—¿Saben algo sobre…? ¿Han arrestado a alguien?

—Me temo que aún no —admitió el inspector—, aunque le doy mi palabra de que el responsable o responsables pagarán por el crimen.

El rostro de la mujer intentó esbozar una sonrisa de agradecimiento, que languideció en su rostro cada vez más sombrío.

—¿Ha dicho que se llama usted Clerkton? ¿El inspector Clerkton?

Aquella pregunta dejaba entrever que Steward había hablado sobre él con su mujer. La cuestión es si sería a partir de su reciente encargo.

—Sí, y me temo que la última investigación en que involucré a su esposo podría tener que ver con su pérdida. Precisamente venía a expresarle mis condolencias y…

La señora Steward le interrumpió.

—Me contó que le había hecho usted una especie de encargo secreto, y que tuvo que ir a lugares poco recomendables.

¿Seguiría el sargento a Swanson hasta un fumadero de opio? ¿Serían esos los lugares a los que se refería? Desde luego, y dada la nota que había recibido un par de días antes de su fallecimiento, no era algo a descartar. Si bien su intención era solo darle el pésame a la viuda, Clerkton no podía dejar de lado indagar más sobre la información que el difunto pudo haber compartido con la mujer. Sobre todo porque si aquello llegaba a los oídos equivocados supondría un grave peligro para ambos.

—¿Le ha hablado a alguien más de esto? —preguntó Clerkton. El gesto de negación que hizo con la cabeza le tranquilizó—. En efecto, le hice un encargo. Por desgracia, no llegué a obtener datos sobre el avance del mismo.

Se planteó el compartir parte de su información con la viuda, pero lo desechó con rapidez. Lo último que deseaba era ser responsable de otra muerte.

—Solo me contó lo que ya le he mencionado —dijo la mujer—. Ni siquiera sé por dónde se estuvo moviendo. Creo que lo único que sé es lo que me contó su superior.

La última frase alertó a Clerkton.

—¿Superior? ¿Con quién más ha hablado?

Notó que la pregunta sorprendió a la señora Steward, y no era de extrañar. Tanto secretismo no era algo habitual, sobre todo sin que ella supiera el motivo.

—Bueno, un agente me informó del... —No fue capaz de terminar la frase, aunque claramente se refería a la muerte de su esposo—. Y, poco después, vino a hablar conmigo el inspector... ¿Swanson?

Que antes hubiera negado que alguien más supiera que el sargento estaba trabajando para él lo tranquilizó un poco.

Aunque no demasiado.

—¿Qué le dijo Swanson? —preguntó, sin saber si su duda sembraría más desconfianza en la viuda.

—No demasiado —admitió—. Tan solo que estaban tras la pista de unos criminales. Bueno, y me preguntó si sabía algo sobre un local.

Hizo una pausa, intentando recordar la conversación, mientras Clerkton esperaba impaciente, pero en silencio.

—Me parece que era algo como «El Dragón Verde», o algo parecido. Ya le dije que mi difunto marido no compartía nunca conmigo información acerca de su trabajo.

Fuera o no ese el nombre del lugar, el inspector estaba seguro de a qué clase de negocio se dedicaba. Si fue un descuido de Swanson o la preparación de una elaborada trampa era algo que Clerkton no podía saber. A pesar de ello, no iba a dejar de tirar de ese hilo hasta que lo descubriera.

El resto de la conversación fue más distendida y menos trascendente. En la mente de Clerkton, por otra parte, solamente estaba la idea de localizar a aquel Dragón e intentar resolver el cada vez mayor y más peligroso misterio en que se había involucrado.

Viejos amigos

Durante un par de semanas, Clerkton intercaló su búsqueda del tugurio que la viuda Steward había mencionado con la discreta investigación de las actividades de Swanson, tanto actuales como pasadas.

El inspector jefe, como no podía ser de otra forma, parecía tener un historial impecable. No solo eso, sino que su trabajo junto a Abberline le había granjeado el favor de las más altas instancias, tanto en el cuerpo como en la propia Scotland Yard. Clerkton no dudaba que Swanson podría estar trabajando allí si así lo hubiera querido.

En cuanto al fumadero, no parecía existir ninguno que coincidiera exactamente con el nombre que buscaba. Esto tampoco podía considerarse aún un fracaso, ya que era fácil que la mujer se hubiera confundido en parte del nombre, o que Swanson intentara jugar al despiste con ella. Antes o después debería visitar dos o tres establecimientos de similar nombre, a pesar de que la posibilidad de acertar solo le causaba desasosiego, dados los anteriores acontecimientos.

Estaba tan centrado en sus investigaciones que ni siquiera pasó por su cabeza que su superior también estuviera indagando sobre él; al menos hasta que recibió la orden de volver a visitar su despacho.

—Adelante, Piers —escuchó el inspector tras golpear un par de veces la puerta del despacho con los nudillos. Que Swanson usara de nuevo su nombre de pila le puso en alerta.

—¿Querías verme? —Clerkton pensó que seguirle el juego y aparentar recuperar su vieja confianza era lo más adecuado.

—Cierra la puerta, por favor —fue la respuesta. Estaba claro que algo no iba nada bien. Clerkton procedió a hacerlo, mientras Swanson se ponía en pie y se acercaba a él. Le puso la mano en el hombro antes de seguir hablando.

—Te alegrará saber que ya se ha detenido al asesino del sargento Steward. Parece ser que se trataba de un demente obsesionado con los crímenes. Uno de esos desquiciados que tanto les gustan a la prensa amarilla. Debió de leer varios e intentó repetir el que más… —hizo una pausa—, bueno, supongo que el que más le gustó, o yo qué sé.

—Fantástica noticia —replicó Clerkton, a sabiendas de que un ciudadano sin contactos en el cuerpo no podría disponer de toda la información necesaria sobre el caso de la señora Nichols.

—Lo es, sin duda. Por desgracia, me temo que hay gente que te responsabiliza a ti del fatal destino del sargento. He intentado interceder, aunque me temo que…

—¿Gente? —preguntó—. ¿Qué gente? ¿El comisario?

—Bueno, no solo él. Sus superiores consideran que tu conducta, permitiéndole seguir pistas por su cuenta y sin reportar diariamente, fue negligente. Estoy convencido de que en un par de meses recapacitarán. De momento, lo mejor es dejar que se calmen las aguas.

—¿Y cómo van a calmarse, Don? —preguntó Clerkton, intentando no sonar demasiado sarcástico.

—No tendrás tu paga completa, claro, pero tampoco te morirás de hambre. Aprovecha para descansar y darle unas vueltas a todo esto, y no tardarás en reincorporarte al cuerpo.

Clerkton estuvo tentado de pedir tener una reunión con el comisario, o con toda esa «gente» tan preocupada por la muerte del sargento.

No era el momento. Sintió que se encontraba en un precario equilibrio sobre una fina cuerda, y bajo él se hallaba un abismo. Si quería no caerse, tendría que lidiar con los acontecimientos de la manera más sutil que pudiera.

—Lo entiendo —dijo al fin, sorprendiendo a Swanson—. En cierto sentido, yo también me siento con responsabilidad en lo ocurrido. Gracias por apoyarme, Don.

Swanson esperaba cualquier reacción menos esa. Sin saber qué más decir, dio un par de palmadas en el hombro de Clerkton antes de que inspector abandonara el lugar, sin mediar más palabras entre ellos.

Para Clerkton, la suspensión de empleo no iba a ser impedimento para continuar con su investigación. Mientras caminaba de regreso a su mesa comenzó a trazar su curso de acción a partir de ese momento.

UNIDOS

Pasaron algunos días antes de que Clerkton pudiera, gracias al agente Orson, organizar una nueva reunión con Aswad, el egipcio. El inspector, ahora suspendido, pensó que reunirse en un lugar más alejado de la comisaría era más sensato que regresar de nuevo al bar en que habían tenido sus anteriores encuentros; de esta forma, Orson, Aswad y el propio Clerkton acabaron en el enorme West Ham Park.

—Inspector —dijo Aswad nada más llegar al lugar—, ya le dije que yo mismo contactaría con William cuando tuviese más información, cosa que aún no ha sucedido, por desgracia.

Por sus palabras, Clerkton sacó la conclusión de que no tenía conocimiento de su actual situación laboral. Dudó unos instantes, pensando en cuánto compartir con el egipcio. Por fin, teniendo en cuenta que no solo ya no se encontraba a cargo del caso, sino ni siquiera dentro del cuerpo, se decidió a hablar sin tapujos.

—Aswad, la situación se ha vuelto más complicada desde nuestro último encuentro. —Miró en dirección a Orson, quien apenas sabía mucho más que el otro, y que se limitaba a observarle con curiosidad—. El agente Orson ya sabe que he sido suspendido, pero no los detalles.

Echando fugaces vistazos a su alrededor, atento a cualquier persona que pudiera resultar sospechosa, comenzó a narrar todo lo que sabía y buena parte de lo que suponía, haciendo que sus oyentes intercambiaran miradas de incredulidad en más de una ocasión. Sin embargo, dado el curso de los acontecimientos, no se veía capaz de seguir involucrándolos en una investigación que podría suponer un peligro para sus vidas sin que fueran conscientes de todo lo que él había averiguado hasta el momento.

Cuando terminó su explicación, un largo silencio se adueñó del lugar, haciendo que el agradable parque se asemejara más a un cementerio en pleno sepelio.

—No tengo intención de detener mis pesquisas —dijo, rompiendo el silencio—, sobre todo dado el destino del sargento Steward, pero entendería que ustedes quisieran alejarse de ellas en esta situación.

—Quien haya acabado con la vida del sargento lo pagará —fue la respuesta de Orson—. Inspector, puede contar conmigo.

Clerkton asintió, en señal de agradecimiento.

—Si William está dispuesto a arriesgar su vida, yo

no voy a ser menos —respondió Aswad, sorprendiendo a Clerkton—. Y creo que puedo ser de ayuda respecto a una de las cosas que nos ha contado. No tengo constancia de ningún local llamado «Dragón Verde», pero sí que conozco una Víbora Alada. Quizá la viuda Steward se refiriera a ese lugar.

A pesar de tratarse casi de un disparo a ciegas, Clerkton sabía que en las actuales circunstancias no debía permitirse pasar de largo ninguna posibilidad, por remota que fuera.

—¿Sabe dónde se encuentra ese sitio? —preguntó.

Mientras el egipcio detallaba cómo llegar hasta ahí, el exinspector dividía su atención entre la explicación y sus propios pensamientos, que le exhortaban a no visitar aquel lugar.

Pero iba a ir. Se lo debía al sargento, a los presentes, a los muertos y a sí mismo. Pasara lo que pasase, Clerkton estaba decidido a llegar hasta el final.

VIGILADO

Una semana después de su reunión en West Ham Park, y a pesar de que el ahora cesado inspector ya había rondado en varias ocasiones por las inmediaciones de la Víbora Alada, aún no se decidía a dar el paso y entrar en el local. En parte por su experiencia previa en el Desert Flower, pero también porque se había percatado, o eso le pareció, de estar siendo vigilado por al menos dos individuos desde hacía varios días.

Aquellos dos hombres no tenían rasgos egipcios, ni tampoco iban vestido de forma que pudiera pensarse que no eran caballeros británicos, si bien tampoco hubiera dicho que Aswad era egipcio si se lo hubiera encontrado en cualquier otra situación. De hecho, fue por pura casualidad que se percató de la presencia de uno de ellos en dos lugares muy alejados entre sí, lo que le hizo ponerse en alerta. Posteriormente le reconoció de nuevo junto a la Víbora Alada, y en esa ocasión el misterioso perseguidor iba acompañado de otra persona; persona a quien vio otra vez, al siguiente día, en las inmediaciones de su propia casa. Pensó que, durante unos días al menos, tendría que buscar algún sitio para establecerse, cerciorándose antes de no ser observado.

—¡Inspector! —El grito del agente Orson hizo que se girase en su dirección, a la vez que echaba un rápido vistazo para comprobar que no hubiera oyentes no invitados cerca—. Señor, creo que Aswad ha descubierto algo —dijo, cuando Clerkton se encontraba cerca de él.

—Agente, no debería ser tan visible. —La expresión de extrañeza de Orson le obligó a explicarse—: creo que me llevan siguiendo varios días. Quizá lo hicieran ya durante nuestro último encuentro.

Esperaba que aquello no fuera cierto, ya que si en West Ham Park estaba siendo vigilado, la vida de los tres podría encontrarse amenazada.

Orson, sin saber bien qué buscar, también miró a su alrededor. Mientras tanto, Clerkton pensaba en dónde ir para poder hallarse lejos de ojos y oídos indiscretos. Orson volvió a hablar antes de que pensara en un lugar seguro para mantener esa conversación.

—Seré breve, inspector. Aswad ha obtenido nuevos datos sobre la secta que podría estar involucrada en los crímenes.

Aquella era una noticia excelente, y Dios sabía que necesitaba una desde hacía tiempo, pero en su situación actual le iba a resultar complicado concertar una reunión con el egipcio para obtener todos los detalles. Entonces se le ocurrió: un movimiento arriesgado, que podía arrojar luz a varias partes de la investigación si es que la jugada le salía bien.

—Hable con su amigo, e intente que acepte encontrarnos los dos en un par de días, al anochecer.

—¿Dónde? —preguntó Orson.

La respuesta le dejó perplejo.

—En el interior de la Víbora Alada.

De peces y anzuelos

El olor que emanaba a las afueras del local hacía imposible no darse cuenta de la sustancia que se inhalaba en el interior. Clerkton pasó un par de veces por delante de la puerta, intentando descubrir si alguien le estaba siguiendo. Si era sí, no se trataba de ninguno de los dos que ya tenía identificados.

Por fin, se decidió a abrir la puerta.

Tras ella, cerca de una pequeña mesa, se encontraba un hombre de rasgos orientales y expresión perturbada. Ambos se miraron a los ojos y, aunque Clerkton esperaba alguna clase de indicación, saludo o contraseña por parte del oriental, este permaneció en silencio.

Junto a él se encontraban unos amplios cortinajes de algún tipo de tela gruesa. Sin apartar la vista del individuo que parecía custodiar la entrada, el inspector se dirigió a ellos y, apartándolos lo justo para pasar, entró en un gran salón elegantemente adornado y repleto de gente que, no dudó, debía pertenecer a las clases más acomodadas de Londres.

Una mano levantada hizo que localizara al egipcio, quien debió haberle visto nada más atravesar el umbral. Con calma, caminó en su dirección mientras se fijaba en el resto de clientes, asegurándose de que ninguno le prestaba atención.

—Permítame que le llame por su nombre de pila —dijo el egipcio—. ¿Piers, verdad? Siéntese a mi lado, por favor.

Aunque a Clerkton en un inicio le desagradó que aquel hombre se dirigiera a él de aquella forma, era sin lugar a dudas la decisión más prudente estando en ese lugar. Asintió y tomó asiento sobre unos brillantes cojines que bien podrían estar hechos de terciopelo, a juzgar por su tacto.

—Veo que no es la primera vez que visita un lugar como este. —Clerkton miró en dirección a una larga y adornada pipa humeante que se hallaba sobre la mesa. Aswad sonrió, haciendo un movimiento afirmativo con la cabeza. No quiso indagar más, ya que tenía otros asuntos más importantes que tratar con él, más allá de sus posibles hábitos—. Orson… William me comentó que disponía de nueva información acerca de nuestro pequeño problema.

—Así es. He podido entablar contacto con ellos, y puedo confirmarle que son los responsables del fatal destino del matrimonio.

A Clerkton le resultaba incómodo tener que hablar de manera tan críptica, aunque claramente el egipcio le acababa de asegurar que aquella secta había matado y desmembrado a los Nichols. Sin darle tiempo a replicar, Aswad prosiguió.

—Sin embargo, respecto al asunto de su amigo, estoy casi seguro de que no tuvieron nada que ver.

—¿Por qué lo cree?

—Tanto lo del matrimonio como lo que se encontró en aquel sótano no eran tan solo venganzas, sino que perseguían repercusión pública; la suficiente como para detener lo que se estaba organizando por parte de los poderes fácticos, en connivencia con ciertos miembros de las altas esferas políticas. Su... amigo buscaba destapar esa conspiración, así que para ellos era mucho más útil que siguiera investigando.

—¿Qué me quiere decir? ¿Insinúa que —bajó el volumen de su voz hasta que solo fue un susurro, para poder expresarse con total claridad— en la muerte del sargento podría estar involucrado nuestro propio gobierno?

El inspector ya desconfiaba de Swanson, y tal vez de algunos miembros de la policía por encima de este, pero las palabras del egipcio daban a entender que la trama llegaba incluso a miembros prominentes de la política británica, además de a empresarios poderosos como el esquivo Bernard Morris.

Por desgracia, si sus sospechas eran fundadas, le iba a resultar imposible avanzar más en la investigación. ¿A que instancias podría recurrir para destapar una conspiración de tal magnitud, más aun sin ninguna prueba material ni indicios sólidos?

—Usted es el policía, por supuesto —susurró el egipcio—, pero si dependiera de mí, comenzaría intentando atrapar al pez más pequeño.

Clerkton supuso que el otro se había percatado de sus inquietudes, decidiendo darle un consejo de la forma menos agresiva posible, lo que agradeció. No se consideraba un investigador mediocre; sin embargo, el rumbo que estaban tomando los acontecimientos le estaba abrumando de tal manera que su capacidad de razonamiento no se encontraba en su mejor momento.

Asintió.

—Si considera que puede seguir investigando a ese grupo sin correr riesgo, hágalo. Mientras, yo trataré de echarle el anzuelo a ese pez que ha mencionado.

Por desgracia, en ese caso incluso el pez más pequeño era una persona con las suficientes influencias como para suponer un reto considerable: el hombre para quien el matrimonio Nichols trabajaba.

Bernard Morris.

El ataque

Cuando salió del local en dirección a su nuevo alojamiento, un tiempo después de que el egipcio se despidiera de él, las oscuras calles no se hallaban tan vacías como cabía esperar.

—¿Inspector Clerkton? —El individuo que se acercó a él, a pesar de su aspecto elegante, no le inspiró la menor confianza

—¿Nos conocemos?

La respuesta llegó de una manera más física de lo que esperaba, cuando el recién llegado le propinó un fuerte puñetazo en el estómago, que estuvo a punto de hacerle caer. Tal vez lo hubiera hecho de no ser porque otro hombre, a quien no había visto con anterioridad, le agarró por la espalda, inmovilizándolo.

Incapaz de escapar de la presa, se preparó para una inminente paliza, pero el brillo metálico de la hoja de una navaja en la mano del primer hombre le hizo temer un resultado más definitivo.

—Ha sido demasiado molesto, inspector —soltó aquello quizá a modo de justificación previa a lo que estaba a punto de suceder. Le agarró la mandíbula con la mano izquierda, mientras seguía sujetando su arma con la derecha. Siguió hablando—. ¿Quién más conoce este sitio?

Sintió un cierto alivio tras la pregunta; al menos, tanto Orson como Aswad no parecían encontrarse bajo la lupa de, supuso, Swanson, o quien quiera que hubiera mandado a esos dos sicarios. También le invadió cierta satisfacción por haber sido capaz de remover tanto el avispero como para provocar una reacción de aquella magnitud.

Aunque una vez muerto no le iba a servir de mucho.

—Así que no piensa responder —dijo, dirigiéndose a su compinche—. O eso se cree. —Su mirada se centró en Clerkton antes de continuar—. Le aseguro que, antes o después, suplicará contarnos todo lo que sabe.

Clerkton hizo un nuevo intento de liberarse del agarre, lo que le llevó a recibir un nuevo golpe, en esta ocasión en la cara. Sabía cómo acabaría todo, pero estaba dispuesto a guardar silencio a pesar de lo que pudieran hacerle.

Cerró instintivamente los ojos cuando la navaja se acercó a su rostro. Tras volverlos a abrir, lo primero que vio fue sangre.

Aunque no era la suya.

Quien le estaba sujetando le soltó con brusquedad, haciendo que aterrizara en el suelo empedrado. Desde allí contempló cómo el primero de los hombres, el que le había hablado y amenazado, había soltado su arma y tenía las manos colocadas en el pecho, sobre una creciente mancha de sangre que teñía sin piedad su elegante camisa. Reconoció a las dos personas que había aparecido: se trataba de los individuos que le estuvieron estado siguiendo días antes.

El hombre que le había estado agarrando levantó ambos brazos, queriendo indicar una posible rendición. Sin embargo, el gesto no evitó que un cuchillo se clavara repetidamente en su cuerpo. Cuando cayó al suelo ya no parecía respirar.

Aún caído, Clerkton se planteó sus próximas acciones. Si bien le habían salvado, también era cierto que llevaban días tras él, y eso resultaba inquietante.

—¿Son egipcios, no es verdad? —fueron las primeras palabras que se le ocurrieron. Ante la falta de respuesta, que asumió como una afirmación velada, continuó—. Les agradezco el rescate, pero me gustaría saber el motivo. Me parece que ustedes tienen tantos motivos como ellos para quererme fuera de juego.

Uno de los hombres señaló al cuerpo de su primer atacante y escupió encima.

—¿Motivos? —El fuerte acento no dejaba duda de la procedencia de aquel individuo—. Ellos ocultan verdad, usted busca verdad.

Esas palabras bastaban para comprender que su investigación, a la par que representaba una grave amenaza para algunos, para otros era un esperanza. Sintió la tentación, mientras los otros ya se estaban alejando, de hacer una nueva pregunta. No lo hizo.

Hallaría esa verdad por sus propios medios, continuando sus pesquisas, y ahora estaba dispuesto a jugarse lo que fuera necesario.

EL PLAN

—¿Está seguro, inspector?

Clerkton miró al agente Orson fijamente, sin parpadear, intentando aparentar una seguridad que no sentía para que sus muchísimas dudas no se transmitieran al joven.

—Llevo un par de semanas comprobándolo —replicó Clerkton—. Sea por un exceso de confianza o por una apremiante urgencia, Morris visita tres veces por semana ese local.

También llevaba algo más de dos semanas sin pisar su propia vivienda, escondido en un hostal, a sabiendas de que salir a la luz significaría su sentencia de muerte. No es que tuviera un buen plan, es que era el único plan posible, dadas las circunstancias.

—Eso lo entiendo —dijo Orson—, pero ese teatrillo que tendríamos que hacer…

—Morris tiene que confirmar nuestras sospechas. Más aún, tiene que darnos algún dato que podamos usar. Y esa es la única forma en que podría bajar la guardia. —

Hizo una pausa, respiró hondo y prosiguió—. Puede estar convencido de que yo no lograría obtener nada útil de él.

Sabía que era un movimiento arriesgado, casi desesperado, y tan solo estaba basado en suposiciones. De hecho, de salir mal, no solo cerraría esa puerta para siempre, sino que podría llegar a destapar sus propias cartas a sus enemigos. En definitiva, se trataba de ganar o perder en un único movimiento. Todo o nada.

También era consciente de que no solo él sería el perjudicado si todo eso fallaba, y así se lo había hecho saber al joven agente quien, a pesar de ello, mantenía intacta su determinación de llegar hasta el final del caso.

—Entiendo sus dudas —siguió diciendo Clerkton—, y no es que los acontecimientos vayan a ser especialmente agradables para mí; pero si consigue engañarle, lo más probable es que destapemos esta conspiración de una vez por todas.

Orson asintió, aunque su expresión denotaba con claridad que no estaba convencido de la viabilidad del plan.

Aun así, tampoco había muchas más opciones para avanzar.

Ninguno de los dos podía imaginar cómo iban a suceder los acontecimientos y la nueva víctima mortal que, en menos de una semana, se llevaría por delante aquella oscura trama.

Infiltración

Morris caminaba con la confianza de alguien que se veía a sí mismo por encima del bien y del mal. Tres calles para llegar al local. Dos calles. Era el momento.

—¡Señor Morris!

El empresario dio un brinco, como si acabase de ver una aparición proveniente del infierno. No tardó en recuperarse y mostró una leve sonrisa socarrona en su rostro al comprobar de quién se trataba.

—Ah, inspector… ¿Clerkton? ¿O debería decir exinspector? Me había asustado.

El semblante serio de Clerkton contrastaba con el del hombre, a pesar de que según avanzaban los segundos, este último comenzaba a mostrar un cierto grado de nerviosismo imposible de ocultar tras su fachada burlona.

—¿Va a algún sitio? —preguntó al fin Clerkton, sabiendo de antemano cuál sería la respuesta que obtendría.

—No creo que eso sea de su incumbencia, señor Clerkton.

Cuando el inspector dio un par de pasos hacia él, reprimió sus ganas de retroceder. Le pareció que Clerkton estaba dispuesto a hacer cualquier cosa, y calculó si tendría tiempo de salir corriendo y refugiarse en el local al que se dirigía antes de que pudiera ocurrir algo violento en aquel callejón oscuro y vacío.

—Mire —dijo Morris, en un intento de evitar lo que veía como una inminente agresión—, piense bien en lo que va a hacer a continuación. Nadie tiene por qué salir herido.

Pero ya había habido víctimas en todo ese asunto. Clerkton inevitablemente pensó en el fatídico destino del sargento Steward y apretó el puño; algo que Morris no pasó por alto e interpretó como la preparación de un golpe.

Ese golpe, sin embargo, nunca llegó, ya que un individuo se abalanzó desde las sombras sobre Clerkton, abatiéndole, y comenzó a asestarle puñetazos. Morris, en ese momento, cambió su expresión: primero fue de sorpresa; luego, de satisfacción, incluso sin saber quien era su inesperado salvador.

—Señor Morris, me envía el inspector jefe Swanson. Creyó que podría estar en problemas.

—¡Sabía que podía contar con Donald! —La creencia de que la aparición del joven le había salvado de ser brutalmente golpeado hizo que ni siquiera se plantease dudar de sus palabras. Más por costumbre que por educación, extendió su mano—. Soy Bernard Morris, ¿y usted es…?

—Orson —respondió, dándose cuenta al instante de que desvelar su verdadero nombre había sido un error—. William Orson, para servirle. Entremos antes de que alguien pase por aquí.

La situación era tan tensa y urgente que ni el mismo Orson supo la razón por la que Morris no solo accedió, sino que le ayudó a cargar el cuerpo inconsciente de Clerkton hasta el interior de la Víbora Alada, pero en cualquier caso funcionó. Tampoco resultó un problema convencerle de que la mejor solución era atravesar el salón principal y dejar al inspector en un cuarto aislado, donde Orson se encargaría de amarrarle mientras él tomaba asiento en un lugar aislado del local, lejos de miradas indiscretas, si bien era cierto que los allí presentes no parecían tener el más mínimo interés ni en ellos ni en el cuerpo que transportaban.

Cuando finalmente se quedó a solas con Clerkton, intentó reanimarlo.

—¡Inspector! —susurró— ¿Puede escucharme?

La ausencia inicial de respuesta le hizo temer que su interpretación previa hubiera sido demasiado agresiva.

—¡Santo cielo, Orson! —dijo Clerkton tras abrir ligeramente los ojos—. No imaginaba que tuviera tanta fuerza.

Antes de que el otro pudiera disculparse, le puso una mano en el costado.

—Bien hecho, agente. Bien hecho. ¿Ha podido averiguar ya algo?

—Sin lugar a dudas, el inspector jefe Swanson y Morris no solo se conocen, sino que le pareció normal que enviase a alguien para protegerle de usted.

Clerkton se incorporó un poco, claramente dolorido.

—Pues queda lo más difícil y peligroso. Debe intentar que le cuente algo que pueda vincularles a ambos en el asesinato del sargento Steward. Tanto si lo logra como si no, sobre todo no se ponga en más peligro del necesario.

Orson pensó en contarle cómo ya se ha había puesto en una situación delicada tras revelar su nombre real. Prefirió no hacerlo en aquel momento y seguir sus indicaciones lo antes posible. Se dirigió a la puerta de la sala y, tras un último vistazo a su superior, la cruzó.

LA VERDAD

Clerkton no podía asegurar cuánto tiempo estuvo esperando en aquel sucio cuartucho. Temía que, en cualquier momento, Morris apareciese junto a un Orson malherido; o incluso que entrase acompañado de Swanson, esbozando una sonrisa de victoria tras haber desmontado todo su plan.

Eso no ocurrió. Tras lo que pudieron ser un par de horas, aunque bien podían haber sido solo treinta minutos, quien hizo acto de presencia, en solitario e intacto, fue el agente Orson.

A pesar de la tenue iluminación, a Clerkton le pareció que Orson estaba pálido.

—¿Se encuentra bien, hijo? —preguntó.

Orson negó con la cabeza, si bien su respuesta contradijo lo que su cuerpo gritaba con total claridad.

—Sí, inspector. Tan solo… Bueno, Morris parecía tener ganas de explayarse.

—Bueno —replicó—, esas son noticias alentadoras.

—Señor, todo este asunto… Morris y Swanson no son los únicos involucrados. La propia Corona es quien organizó todo.

Orson le contó lo que había averiguado a través de las palabras de Morris: en contra de lo que podían pensar, no se trataba del tráfico de antigüedades egipcias en dirección a Inglaterra, sino del envío de opio hacia Egipto, con el objetivo no solo de conseguir beneficios económicos en el protectorado, sino que también pretendían obtener poder suficiente para que el país africano llegase a convertirse en una nueva colonia Británica. Los cadáveres del matrimonio Nichols, así como el encontrado en el sótano de Whitehall, pretendían ser tanto amenazas para los integrantes de aquella conspiración como escándalos que les hicieran replantearse su curso de acción.

Sin embargo, la prensa apenas pasó de puntillas por esos crímenes, centrada más en la política exterior o en los escarceos amorosos del príncipe Alberto.

Resultaba, pues, lógico que el inspector se convirtiera en la última esperanza de quieres habían perpetrado aquellos horribles asesinatos. Si era capaz de desvelar la verdad sobre los crímenes, también destaparía lo que se ocultaba tras ellos.

Cuando Orson terminó su exposición, los dos se quedaron en silencio, pensativos. Fueran cuales fuesen sus siguientes pasos, tenían claro que el peligro, lejos de haber pasado, se encontraba junto en frente de ellos.

—¿Qué deberíamos hacer ahora, inspector? —preguntó el joven agente.

Clerkton no supo qué responder. Por fin tenía toda la información que se ocultaba tras aquel telón sombrío, pero no era capaz de saber cómo actuar a partir de ese momento. En cualquier caso, lo primero era abandonar discretamente el lugar, y eso fue lo que hicieron.

Aquella noche, ninguno de ellos pudo apenar descansar.

174

EL SIGUIENTE PASO

Las primeras luces de la mañana hicieron que Clerkton se pusiera en pie y observase la tímida luz que entraba en la habitación. El hostal en que se encontraba no era un lugar lujoso, aunque sin duda era más seguro que su propia casa. Se puso en pie, consciente de que estaba marcado como objetivo, aunque sin saber que Orson había expuesto su auténtica identidad ante Morris, así que sus pensamientos se enfocaron en cómo usar toda la información de la que disponía para desmontar la gigantesca conspiración y poder llevar a los responsables ante la justicia.

Por desgracia también era consciente de que los ricos y poderosos tenían recursos más que de sobra para eludir sus castigos, y eso suponiendo que las acusaciones fueran siquiera tenidas en cuenta; no era descartable que jueces o fiscales formasen parte de aquel turbio asunto. No, la única solución pasaba por sacar a la luz pública sus hallazgos, aunque aquello pudiera suponer un escándalo sin precedentes.

A lo largo de su carrera, y sobre todo mientras participó en la investigación del Destripador, había tenido contacto con varios periodistas, todos ellos más interesados en el sensacionalismo que en la propia noticia. Por su parte, Abberline sí que tuvo más encuentros con ellos, si bien en alguna ocasión los diálogos habían escalado a un aspecto más físico. Aun así, si alguien podía saber con quién hablar para destapar los datos de los que disponía, ese era él.

Surgía ahora otro problema: contactar con Abberline sin levantar sospechas. Se encontraba en el punto de mira de dos poderosas fuerzas, y Orson podía ser fácilmente relacionado con él, lo que supondría ponerle una diana en la espalda.

Si se descartaba a sí mismo y al joven agente como opciones para contactar con el inspector jefe, solo un nombre le vino a la cabeza. No era la persona a la que quisiera deberle un favor, pero su relación previa con Abberline y su conocimiento de parte de los hechos le hacían el candidato perfecto para hacer de intermediario sin desvelar su auténtico objetivo.

Y, de esa forma, se dirigió a la morgue en busca del doctor Bond.

EL INTERMEDIARIO INVOLUNTARIO

Bond dio un largo trago de su botella tras terminar de escucharla rocambolesca historia de Clerkton.

—Inspector... Señor Clerkton—se corrigió—, si todo lo que acaba de contarme es cierto, me temo que podría haber un problema adicional que no ha considerado.

No le sorprendió escuchar la queja —de hecho, la esperaba—, aunque no pudo evitar sentirse molesto ante la continua negatividad de su interlocutor.

—¿A qué problema se refiere, doctor?

—Bueno, según me ha contado, esa conspiración que cree que existe involucra a altos miembros de la policía. ¿No cree que el propio inspector jefe Abberline podría estar también involucrado?

Tenía que admitir que tal idea se le había pasado por la cabeza. No era descabellado, pero su instinto —no demasiado acertado a lo largo del caso, eso tenía que admitirlo— le decía que Abberline era un buen policía. Un policía honesto. Demonios, estaba seguro de que, incluso perteneciendo a la conspiración, su deber como agente de la ley pesaría más que cualquier alianza en la que pudiera estar involucrado.

Tampoco tenía más opciones. Era su último disparo: un todo o nada que supondría o bien la revelación, o bien el olvido, en el sentido más amplio de la palabra.

—Tanto usted como yo conocemos a Abberline —concluyó Clerkton—, y no creo que debamos dudar de su integridad y compromiso. Si no está seguro, buscaré a otro que…

—¡Oh, qué diablos! Contactaré con él y organizaré una reunión entre los dos. No me gusta que los casos en los que trabajo no se resuelvan, ya tuve bastante con el maldito Destripador.

Difícil decir si las palabras de Bond eran motivadas por el orgullo o por su sentido de la justicia, pero el exinspector no quiso indagar más. Con un poco de suerte, todo aquel asunto estallaría en menos de una semana, y estaba deseando ver las reacciones de todos los involucrados.

OPCIONES

Clerkton apenas reconoció a Abberline cuando entró en el local donde habían quedado: iba vestido con ropas viejas, tenía un aspecto premeditadamente descuidado y unos andares que parecían ser de un borracho anónimo. No llamar la atención llamando la atención, como solía decirle cuando trabajaron juntos. Tras dar un par de vueltas por el sitio, como si no tuviera claro su destino, Abberline se sentó junto a él, casi cayéndose en el asiento. Ningún cliente dedicó más de un par de segundos en mirar hacia ellos, tal como el inspector jefe había supuesto.

—Bond me ha dado una somera explicación —fue lo primero que le dijo—. Espero que usted termine de aclararme todo, Piers.

Clerkton le puso al día respecto al estado de su investigación y, además de pedirle contactos en la prensa, le exhortó a darle algún consejo sobre qué pasos seguir a continuación. Abberline escuchó sin interrumpir, con el semblante impertérrito, soltando solo alguna palabra que mostrara su interés, hasta que el exinspector comenzó con sus peticiones.

—Sí, conozco a un par de periodistas que seguramente estarían dispuestos a escucharle y a escribir un ar-
tículo con la mayor parte de sus afirmaciones, aunque ninguno se arriesgaría a contar todo sin tener pruebas con-
tundentes. Y me temo, Piers, que usted no las tiene. ¿Me
equivoco?

Estaba en lo cierto, claro. Ni siquiera había sido testigo directo en la conversación entre Orson y Morris en la
que se desvelaban los entresijos de sus planes. Sin embargo, se encontraba más que dispuesto a ser la cara visible
de aquellas acusaciones, aunque eso le supusiera arriesgar
su propia integridad. Cuando iba a responder a esto, Abberline continuó.

—Piers, antes de nada debo hacerle una pregunta
crítica: ¿qué persigue usted exactamente con todo esto?

Su primer pensamiento fue que todo era por resolver el caso. Pero no era cierto, y lo sabía. En parte, sin duda, quería vengar el asesinato del sargento Steward; y, quizá, no menos importante, deseaba desenmascarar a Morris
y a Swanson. Toda la información de la que disponía no
resultaría muy útil para cerrar el caso de los Nichols ni del
cadáver de Whitehall por parte de la secta egipcia, más allá

de desmitificar los crímenes, aunque sí pondría en evidencia la conspiración real. Podría ser un duro golpe contra el Imperio, pero un golpe merecido que pondría punto final a los asesinatos y al tráfico de drogas hacia el protectorado.

—Justicia —dijo, simplemente—. Sacar la verdad a la luz.

—Si me permite, Piers, creo que le mueve más la venganza que la justicia. Lo entiendo. Ahora bien, estoy seguro de que puede predecir las consecuencias, y ya que me pide consejo, quisiera proponerle otra opción mucho menos agresiva e igual de efectiva.

Con dudas, Clerkton escuchó las palabras de Abberline, y meditó muy bien su respuesta a ellas cuando el otro terminó.

—Agente Orson, pásese por mi despacho.

El inspector jefe Swanson no parecía irritado ni nervioso al pronunciar aquellas palabras. Aun así, Orson sabía que la conversación que estaba a punto de mantener no iba a ser rutinaria. Tragó saliva y, poco después de que el propio Swanson regresara a su oficina, se dirigió hacia allí.

—¿Inspector jefe? —dijo, desde el umbral.

—Pase. Y cierre la puerta, agente.

Así lo hizo, acercándose con cautela a la mesa de su superior, quien parecía estar absorto ordenando papeles, aunque pareciera hacerlo de forma distraída. Cuando se encontraba a pocos pasos, Swanson levantó la cabeza y le miró fijamente.

—Clerkton no es un mal policía —comenzó a decir—, pero su personalidad obsesiva termina por arrastrar a todas las personas que se le acercan, como un remolino en alta mar. Y no es extraño que muchas terminen ahogándose.

Las palabras de Swanson, amables en apariencia, hicieron que un escalofrío recorriese la columna de Orson. No sabía si responder algo o mantenerse en silencio, y Swanson se dio cuenta de aquello.

—El señor Morris es un fiel servidor de la Corona, y estaría dispuesto a hacer cualquier cosa por ella. Cualquier cosa, Orson. Pero yo creo que usted también lo daría todo por el bien común. ¿Me equivoco?

—Señor, yo…

—Tan solo quiero encontrar a Clerkton. Tener una charla con él y hacerle entender el valor que el señor Morris tiene para nosotros, como Imperio. Tal vez pueda usted concertar una reunión entre nosotros. O, mejor aún, dígame cómo puedo encontrarlo. Agente, tiene usted una prometedora carrera en el cuerpo, y sería una lástima que no tuviese claras sus lealtades.

Orson comenzó a sentirse mareado. Todo su cuerpo le pedía salir corriendo de aquella sala, a pesar de que eso no sirviera de solución alguna.

—Señor, tengo muy claras mis lealtades —dijo, al fin—. Soy leal al cuerpo, a los ciudadanos de Londres y a mis compañeros, como el difunto sargento Steward.

Swanson no esperaba que el joven agente se atreviese a encararse con él. Tardó unos instantes en contestar a su provocación.

—Parece que Clerkton ya le ha arrastrado y se está usted ahogando. Simplemente, no es consciente aún.

Su tono ya no era amable, sino tenso y amenazante. Orson no creía ser capaz de poder abandonar el lugar con vida y, desde luego, menos manteniendo su cargo.

—Márchese de aquí —escupió Swanson, bajando de nuevo la vista hacia sus papeles. El agente no dudó ni un instante en obedecer la orden y salir de allí. Cuando lo hizo, sintió como si hubiera estado aguantando la respiración y por fin pudiera tomar aire.

Por cuanto tiempo sería capaz de respirar era algo que no tenía nada claro.

PLANES DENTRO DE PLANES

—Hay que acabar con el maldito Clerkton, como hicimos con ese sargento.

Aunque Bernard Morris lo dijo en voz baja y casi pegado a la oreja de Swanson, este miró alrededor, a la amplia sala del selecto club en que se encontraban, para comprobar si alguien les estaba prestando atención. Las pocas personas que allí se encontraban parecían abortas en sus periódicos, en pequeñas y banales conversaciones o incluso en la lectura de alguna novela.

—No es tan sencillo —replicó Swanson—. Tu decisión de acabar con el sargento Steward no fue muy bien recibida, y terminó por complicar aún más las cosas. Además, quedaría el joven agente con quien usted habló, Orson, y que parece estar también determinado a seguir adelante.

Estas últimas palabras le sonaron al empresario como un reproche. Lo eran.

—Tampoco sabemos si hay más personas cooperando con ellos, lo que no me sorprendería —continuó diciendo—. Clerkton puede ser tan convincente como obstinado, y eso haría que esta situación fuera más delicada de lo que pensamos.

—¿Qué propones entonces que hagamos, Donald? —preguntó Morris—. Saben demasiado y acabarán siendo un grave problema para ambos, por no hablar de quienes están por encima de nosotros.

Swanson conocía lo suficiente a Clerkton como para saber que aquello, más que una suposición, era una certeza. Era como un perro de caza que, una vez con la presa entre sus mandíbulas, no iba a soltarla con facilidad.

—Calma —dijo, aunque con poca convicción—. Tenemos de nuestro lado toda la maquinaria del Imperio. Nuestra mejor opción es desacreditarlo. No, aún mejor, implicarle en los crímenes.

—Y ¿cómo sugieres que hagamos eso?

Swanson ya tenía bastante claros los pasos a seguir para lograrlo, aunque compartirlos con Morris no formaba parte de sus planes.

—¿Hay alguno de tus empleados que aún siga en este asunto? ¿Uno del que puedas prescindir?

El rostro de Morris se iluminó.

—¡Gran idea! Sí, dame un par de días y te entregaré un cordero para el sacrificio.

Los dos sonrieron, satisfechos. Swanson agradeció para sí que Morris no quisiera entrar en más detalles, mientras pensaba en los tres hombres a los que había contratado y que les confrontarían tras salir del club. Él saldría herido, sí, pero el destino de Morris sería más definitivo. Luego solo quedaría acusar a Clerkton del ataque, alegando que su suspensión temporal y problemas mentales le habían vuelto inestable y que le culpaba a él y a sus conocidos por no haber resuelto el caso. Sí, era un plan perfecto.

Los dos hombres cogieron sus copas y brindaron. Sería el último brindis de Morris.

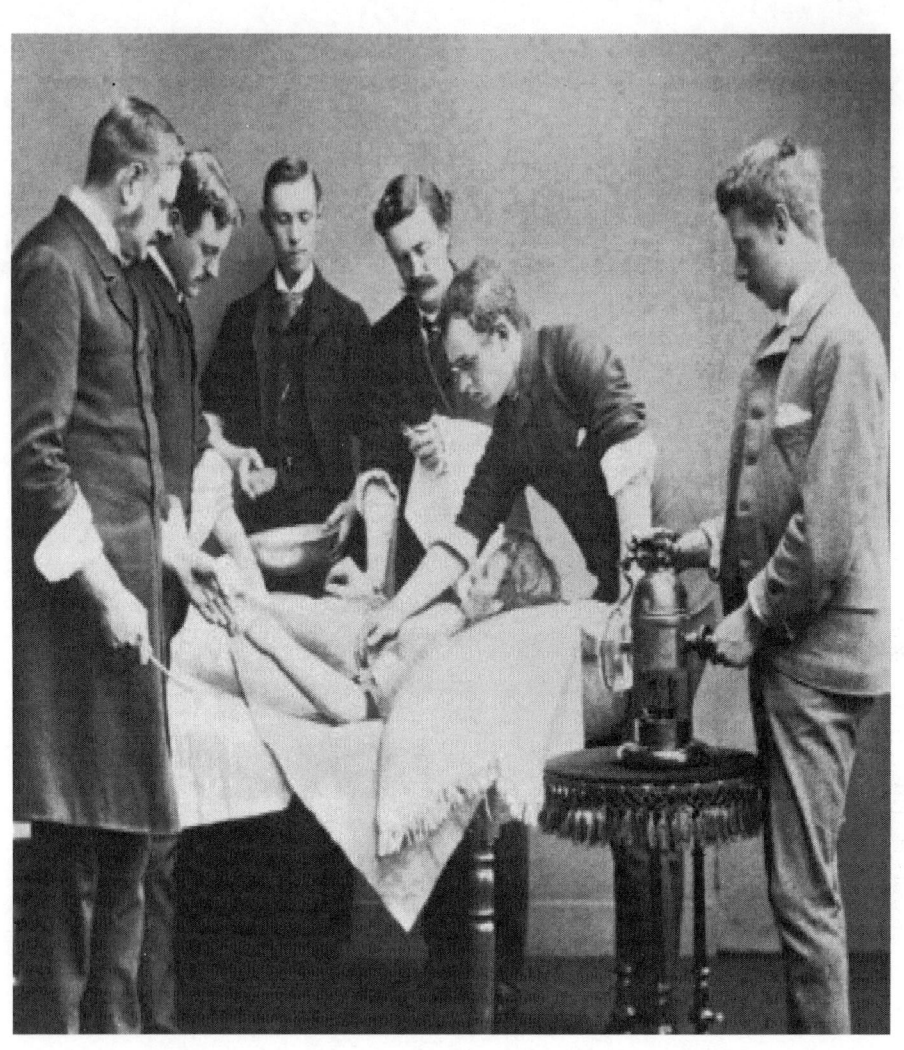

REUNIÓN

—Creo que nunca había estado tanta gente viva aquí al mismo tiempo.

El doctor Bond lo dijo en un tono tan serio que ninguno de los presentes se atrevió a replicar. Aswad miró en dirección a Orson, y este a Clerkton.

—Si las cosas no se desarrollan como están planeadas —dijo Clerkton—, puede que la próxima vez que estemos aquí no sea hablando, sino tumbados sobre una de esas camillas que tanto le gustan, doctor.

La réplica, curiosamente, hizo sonreír al forense.

—Inspector, ¿va a decirnos ya por qué nos hemos reunido aquí? —preguntó el egipcio.

—Ayer, el agente Orson tuvo una pequeña conversación con el inspector jefe Swanson —respondió—. Me pareció adecuado que todos ustedes supieran en qué punto nos encontramos.

—¡Santo cielo! —exclamó Bond—. Que le haya echado una mano no me convierte en parte de su… camarilla, o como quiera llamar a este grupito de insensatos.

—Me temo que usted también es consciente de gran parte de los engaños que rodean estos crímenes egipcios, por llamarlos de alguna manera. Si los artífices de todo lo descubrieran, sería otro cabo suelto más.

Bond abrió la boca para replicar, pero no fue capaz de encontrar las palabras adecuadas, así que se mantuvo en silencio.

—¿Ha logrado que los hechos vayan a ver la luz, inspector? —preguntó Orson.

—Esa era mi intención. Sin embargo, un viejo amigo me hizo ver otras posibilidades. Caballeros, la Corona no solo está inmersa en un juego peligroso y letal, sino que pretende atentar contra la soberanía de un país. A pesar de todo lo ocurrido, nuestra mayor preocupación, creo yo, debería ser que este ataque no tenga éxito.

Aswad y Orson asintieron. Bond se encogió de hombros.

—Hacer todo público no solo minaría la confianza del pueblo en sus gobernantes, sino también en la policía. Si no queda otra alternativa, estoy dispuesto a que esto sea así. Sin embargo, la alternativa es la siguiente: dar la opción de que todo termine aquí y ahora, a cambio de que los detalles de lo sucedido no sean completamente revelados.

Aunque todos mostraron desconcierto ante las palabras de Clerkton, Orson fue el único que habló.

—¿Y el asesinato de Steward? ¿Y todas las amenazas, todos los intentos de silenciar la conspiración? ¿Van a quedar todos impunes?

—Cálmese, hijo. Al escuchar esta propuesta mi reacción fue la misma, pero lo cierto es que no disponemos de pruebas sólidas que sirvan para detener y condenar a los responsables, y tampoco es una situación ideal que la gente deje de confiar en quienes debemos velar por su seguridad. Tal como lo veo, en el punto en que nos encontramos creo que salvar un país es más importante que sembrar dudas que no llevarán a que los culpables paguen por sus acciones.

Orson no pudo rebatir ese argumento. Aunque pudieran ser conscientes de todo, muy diferente era poder demostrarlo.

—Así que, en el mejor de los casos, tendremos otra tanda de crímenes sin resolver —dijo Bond, bufando—. La verdad, inspector, no puedo decir que eso me apasione.

—No es un escenario ideal —admitió Clerkton—. Por otra parte, le aseguro que su profesionalidad no será puesta en entredicho. Ni la suya, Orson.

—¿Y qué hay de usted? —preguntó el egipcio, que había permanecido en silencio hasta entonces—. ¿Recuperará su puesto?

—No lo sé —admitió—, y tampoco me importa. Lo único que me preocupa es la seguridad de todos y, si todo va conforme espero, podremos seguir con nuestras vidas, sabiendo además que habremos evitado un golpe de estado encubierto.

Tras aquellas palabras todos guardaron silencio. En caso de que los acontecimientos no se desarrollaran conforme a lo que esperaban o, más bien, deseaban, una crisis sin precedentes se adueñaría del Imperio.

LA TRAMPA

Cuando entró en el edificio de la Policía Metropolitana, Orson se dio cuenta de que algo no andaba bien. Sus saludos eran respondidos por leves susurros, cabezas bajas y miradas incómodas que apenas duraban un par de segundos.

—William. —El joven se volteó hacia la voz, que provenía de su joven compañero, el agente Wobble—. Parece que anoche atacaron al inspector jefe Swanson. Casi lo matan, por lo que he oído.

¿Swanson, atacado? Iba a replicar cuando el otro siguió hablando.

—Se rumorea que uno de sus atacantes fue el mismísimo inspector Clerkton. ¿Te lo imaginas?

Orson no supo qué contestar a aquello. Desde luego, Clerkton hubiera tenido razones sobradas para hacerlo pero, aparte de haber estado con él parte de la noche anterior, tras la explicación de este era poco probable que las intenciones del inspector incluyeran un encuentro violento con Swanson.

—Dudo mucho que el inspector Clerkton participase en algo así —respondió al fin—. ¿Por qué ha surgido ese rumor? ¿Hay testigos del ataque?

El otro dudó antes de contestar.

—Bueno…, no, solo estaban el inspector jefe y un amigo suyo que falleció en el ataque. Un empresario, creo. Dicen que el inspector Swanson reconoció a Clerkton en el lugar.

Bernard Morris. El nombre y el rostro del empresario conspirador se posó al instante en la mente de Orson. El agente se replanteó la participación en aquellos hechos de Clerkton, aunque de nuevo y con rapidez desechó la posibilidad.

Claro que, si Clerkton no había sido y, aun así, Swanson afirmaba haberle reconocido…

—Tengo que salir. —Orson dejó a su compañero con cara de sorpresa mientras le veía alejarse de allí, camino a las calles. Tenía que contactar con el inspector, con todos, e intentar encontrar una salida de aquella trampa antes de que fuera demasiado tarde.

EXPECTANTES

Clerkton hubiera preferido reunirse de nuevo en la morgue, pero la negativa de Bond a juntarse con ellos en esta ocasión no le dejó otra alternativa que buscar un discreto local. Mensajeros mediante, todos fueron informados de la hora y el lugar, siendo él quien primero llegó, seguido de cerca por Orson y Aswad.

—Inspector —Orson no esperó a terminar de sentarse para empezar a hablar—, creo que Swanson le ha tendido una trampa.

El exinspector levantó levemente la mano derecha, indicándole en silencio que se tranquilizase.

—Yo he llegado a esa misma conclusión tras la información que me ha facilitado —declaró Clerkton—. Si bien esto nos pone en una situación muy complicada, también es indicativo de otra cosa: Swanson está desesperado.

Incluso siendo cierto, eso no restaba importancia al hecho de que tanto él como el resto de sus compañeros podían ser acusados de asalto y homicidio. El siguiente en hablar fue el egipcio.

—Un animal acorralado es mucho más peligroso. Parece ser que su plan no ha dado el resultado esperado.

—Creo que se equivoca —dijo una voz a su espalda. Todos giraron la cabeza en esa dirección, aunque solo Clerkton no se sorprendió de la aparición de aquel individuo. A fin de cuentas, había sido él quien le convocó a aquella reunión.

—Me alegro de verle —dijo—. Señor Aswad, creo que usted no conoce en persona al inspector jefe Frederick Abberline, de Scotland Yard.

—Un placer poder acompañarles esta tarde —dijo—. Les diría que Piers me ha hablado mucho sobre ustedes, pero mentiría; el inspector siempre ha mostrado la mayor discreción respecto a la identidad de todos los involucrados en este caso durante nuestras conversaciones previas.

Orson se quedó boquiabierto ante la presencia allí de Abberline. Por su parte, Aswad pensó en replicar o hacer alguna pregunta, aunque decidió permanecer en silencio, a la espera de ver el desarrollo de los acontecimientos. Al ver que su primera frase no había obtenido respuesta, Abberline procedió a explicarse.

—Como he dicho al llegar, me parece que los planes del inspector sí que han salido tal y como habíamos previsto. Acabo de cerrar un caso que hubiera supuesto un duro golpe a la Corona de no ser por el encubrimiento que ha tenido; era poco probable que, tras esto, esas mismas personas fuesen capaces de tapar un nuevo escándalo. Los principales artífices del plan creían lo mismo, y han preferido desistir de continuar con él.

Tosió un par de veces, en parte para que todos asimilaran sus palabras antes de seguir.

—Bien, es indudable que los crímenes perpetrados por la secta egipcia también han sido determinantes para llegar a esta conclusión, así como las acciones de gente como el inspector Swanson quien, lejos de evitar conflictos, los estaba generando. Si bien mi conversación con ellos ha sido anterior a este último movimiento suyo, estoy más que seguro de que sus actos solo reafirmarán la idea de detener el tráfico de opio a Egipto.

—Pero Swanson ya ha acusado al inspector Clerkton de haberles atacado a él y a Morris —replicó Orson.

Abberline chasqueó la lengua.

—Tendrá que responder ante personas muy poderosas. Un grupo que no dudaría en emplear cualquier medio para salirse con la suya y quedar impunes. Le aseguro, les aseguro a todos, que antes de que termine la semana esa acusación se habrá desvanecido.

—Así que solo nos queda esperar y ver cómo avanzan los acontecimientos —concluyó Clerkton—. No hay nada más que podamos hacer en este instante, me temo.

EL DISCURSO FINAL

—Estoy seguro de que ha circulado toda clase de información ridícula sobre el ataque del que he sido objeto. —Swanson observó cómo todos los miembros de la policía presentes se miraban entre sí, con cierta confusión. Hubo algún que otro cuchicheo, que el inspector jefe procedió a acallar con rapidez al seguir hablando—. Lo cierto es que el inspector Clerkton, aquí presente, fue quien evitó que mis heridas fueran mayores, incluso poniendo en peligro su propia integridad.

Parecía hablar con tranquilidad, aunque Clerkton se dio cuenta de la mueca de desagrado que le dedicó mientras le miraba de soslayo, pronunciando sus últimas palabras. Por su parte, él mostró una leve sonrisa, que fue interpretada por los presentes como un gesto de cortesía y complicidad.

—Hay algunos periodistas esperando a que salga, y antes de hablar con ellos quería comunicarles a todos ustedes mi inminente retiro. Sí, a pesar de todo, mi estado físico no me va a permitir seguir siendo de utilidad para el cuerpo y para la ciudad, pero mi puesto será ocupado… —Se detuvo y apretó los dientes, intentando mantener una expresión impertérrita—... por el inspector Piers Clerkton. Bueno, a partir de ahora, inspector jefe Clerkton.

Swanson se giró hacia el aludido y aplaudió. Por su parte, los agentes presentes no supieron cómo reaccionar ante aquella declaración, así que Clerkton decidió dar un paso al frente y ponerse a hablar.

—El inspector Swanson omite que, gracias a él, hemos podido esclarecer una investigación abierta desde hace tiempo, y en la que perdió la vida nuestro compañero, el sargento Steward: el llamado "caso del asesino del torso". Gracias a su intervención, hemos podido destapar todas las incógnitas.

Vio que alguno de los agentes ponía cara de asombro, mientras que otros parecían desconocer por completo sobre qué se estaba hablando. Un aplauso aislado entre ellos fue el inicio de una gran ovación hacia los dos inspectores.

Clerkton extendió la mano hacia Swanson quien, a su pesar, no tuvo otra opción que estrechársela. Los periódicos del siguiente día hablarían de cómo Swanson, junto a Morris, investigaba a trabajadores de la empresa de este último por sospechar que traficaban con antigüedades, y cómo ese tráfico llevó al fatídico final del matrimonio

Nichols por parte de una organización secreta egipcia. Estos, tras el ataque a Swanson, presumiblemente habían abandonado el país y regresado a Egipto. Según esos periódicos, fue ese grupo quien acabó con la vida del sargento Steward cuando se estaba acercando a ellos, siguiendo este órdenes tanto de Clerkton como de Swanson. Y no faltaría una aclaración sobre cómo Clerkton actuó de incógnito, aparentemente suspendido de su puesto, y llegó a descubrir todo el complot.

Mentiras y medias verdades que, a pesar de no satisfacer por completo a Clerkton, lograban que tanto él como todos los que le habían ayudado durante aquel caso pudieran salir ilesos de aquella desproporcionada lucha entre David y Goliat. Demasiados habían eludido la justicia, eso era cierto, pero a cambio habían sido capaces de salvar la integridad de dos países y, además, de limpiar de malas hierbas la Policía Metropolitana de Londres.

Después de todo, no era una mala conclusión..

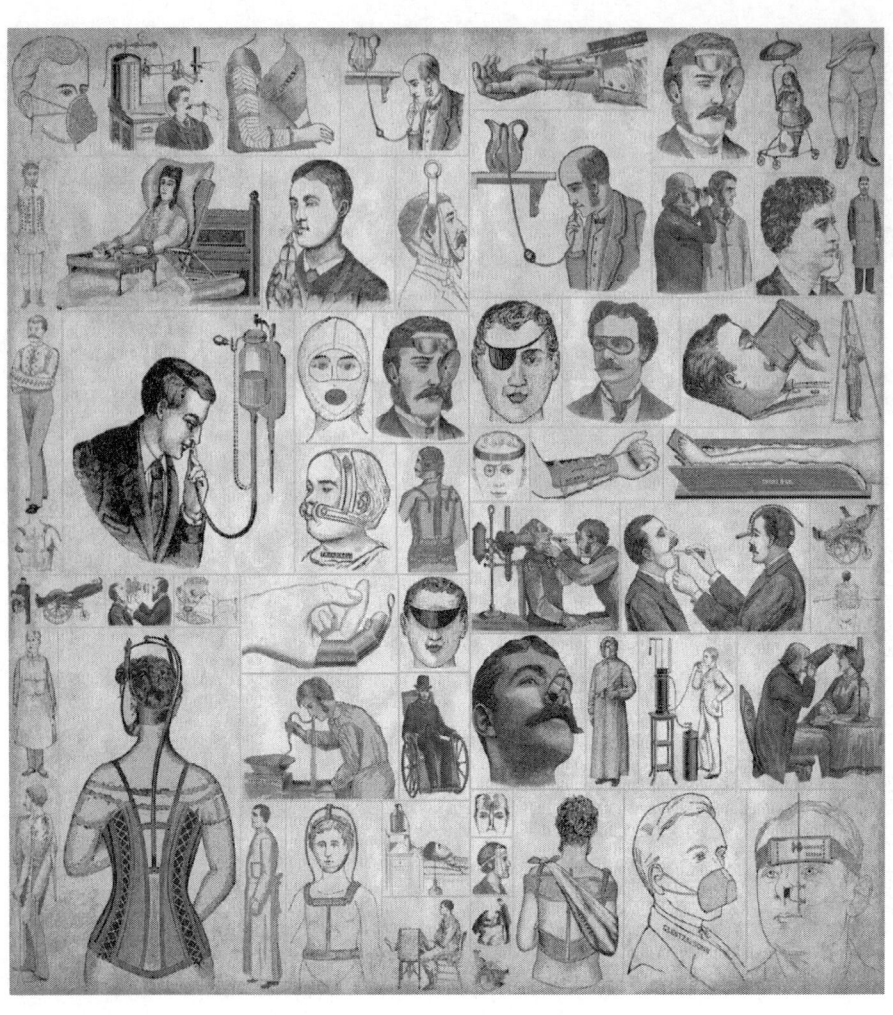

EPÍLOGO

—Con sinceridad, inspector, espero que esta sea la última ocasión en que nos reunamos todos.

El doctor Bond, a pesar de sus palabras, parecía más animado que de costumbre, o eso al menos pensó Clerkton.

—No se preocupe, doctor. Solo quería darles las gracias a todos ustedes por su ayuda, y disculparme por las tribulaciones por las que les he hecho pasar.

—No tiene de qué disculparse —dijo Orson—. Ha conseguido detener los crímenes y parar la conspiración, y es un honor haber sido parte de ello.

—Lo mismo digo —replicó Aswad—, aunque, con sinceridad, espero que la próxima vez que necesite de mis servicios no sea para algo que nos ponga en peligro a todos.

—Sus averiguaciones fueron cruciales para el esclarecimiento de los hechos. —Clerkton agachó levemente la cabeza, en señal de agradecimiento—. Creo que su asesoramiento puede resultar útil en otros casos, así que me gustaría poder contar con su ayuda en el futuro. Le prometo que no serán casos como este.

Sonrió, y también lo hicieron los demás. Incluso Bond, que se fue en busca de su botella. La abrió, dio un trago y se la ofreció al ahora inspector jefe, quien no dudó en probar la bebida espiritosa.

—Doctor, sin su conocimiento y observaciones desde el inicio, lo más probable es que la muerte de los Nichols hubiera quedado como otro crimen más sin resolver. Y, Orson, su ayuda ha sido clave para organizarnos, sin contar el teatrillo que tuvo que hacer con Morris.

—Sí, sí —dijo Bond—, todos somos extraordinarios. Tendrá que admitir, por otra parte, que su propia intuición fue determinante para unir todos los hilos desperdigados.

Clerkton pensó en que, en realidad, desde el inicio del caso la mayoría de sus conclusiones fueron erróneas. E, incluso así, la unión de todos sus esfuerzos colectivos —quizá también la suerte— logró poner punto final al asunto. No quiso rebatir las palabras del forense.

—Muchas gracias. —Se volvió hacia el resto—. Gracias a todos.

Dio un nuevo trago de la botella para después ofre-
cérsela

a Orson. Mientras este bebía con timidez, Clerkton
pensó también en Abberline y en que, gracias a su consejo,
todo había acabado relativamente bien.

Fue entonces cuando le vinieron a la mente los crímenes del Destripador. Cómo habían parado de golpe. Y
se preguntó si aquel entonces Abberline también habría
tenido alguna conversación en las altas esferas del poder;
si habría presionado a la gente adecuada para que se detu-
viera esa sucesión de horrendos asesinatos. Desde luego,
era más que capaz de haberlo hecho.

Por desgracia, nunca podría llegar a averiguar eso.

—¡A la salud del inspector jefe Clerkton! —dijo
Aswad, antes de probar el contenido de la botella del forense, interrumpiendo los pensamientos del inspector.

Tan solo quedaba alegrarse y celebrar que las temi-
bles tinieblas que se habían cernido sobre la ciudad, sobre
todo el Imperio, por fin desaparecieron.

AGRADECIMIENTOS

Terminar una novela y su posterior publicación es un trabajo que no solo depende del propio escritor, sino de todas las personas que han estado involucradas en el proceso. Querría expresar aquí mi agradecimiento en especial a Noelia Alegre, quien se encargó de ser mi lectora cero, y a Ricardo Muñoz, mi editor, quien tan solo a partir de mi idea inicial —y el conocimiento de mis anteriores obras, claro— ya me propuso la edición de esta novela, cuyo título consensuamos entre los dos.

No me olvido de todas y cada una de las personas que habéis decidido darle una oportunidad a esta novela. Sobre todo espero que la hayáis disfrutado, porque más allá de cualquier otra cosa, para mí lo esencial es que lo que escribo sirva de entretenimiento a quienes os ponéis delante de estas páginas. Gracias, de verdad.